Lando
Flucht aus Lübeck

ANJA ACKERMANN

Lando

Flucht aus Lübeck

Erweiterte Neuausgabe

Jung war ich einst, einsam zog ich,
da ward wirr mein Weg;
glücklich war ich,
als den Begleiter ich fand:
Den Menschen freut der Mensch.

Aus der »Edda«

1

Die Tage nach Mutters Tod waren trostlos und fad wie ungesalzene Gerstengrütze. Lando wischte sich über die Augen. Er seufzte und schob Brennholz in den Backofen. Wie glühende Zungen leckten die Flammen an den Aststücken. Es rauschte und knackte. Funken sprühten.

Sein Vater, der Bäckermeister Johan van Ehlen, saß auf der Ofenbank, einen Krug Gewürzbier in den gewaltigen Händen, und starrte ins Leere. Einzig Dietrich, der Geselle, schuftete und hetzte, dass ihm Schweißtropfen die Schläfen hinabbrannten.

»Ich schaff die viele Arbeit nicht, Meister«, klagte er ein um das andere Mal, doch der Bäckermeister schwieg, als sei er vor Kummer stumm und taub geworden.

Lando beobachtete, wie sich Feuer in Holz fraß und es in verkohlte Stücke und graue Asche verwandelte.

»Tagträumer«, schnaubte Dietrich und drohte mit der Faust.

Lando riss sich von den tanzenden Flammen los, griff nach dem Reisigbesen und wirbelte mit ihm über die Steinplatten. Alles, was seine Mutter im Haus geleistet hatte, war ihm zugefallen, selbst das Kochen, Waschen und Saubermachen. Manches Mal meinte er, ihre Schritte auf der Stiege zu hören. Dann lauschte er und blickte erwartungsvoll auf die ausgetretenen Holzstufen. Er konnte nicht begreifen, dass sie diese nie mehr hinabsteigen würde.

»Tölpel!«, donnerte der Geselle. »Hör auf! Der Dreck, den du aufwirbelst, gerät mir in den Teig.«

Wenige Tage später bestimmte Dietrich ihn dazu, das Backwerk zum Markt zu bringen und feilzubieten.

»Weshalb ich?«, rief Lando. »Warum machst du das nicht?«

»Weil ein Geselle in der Backstube steht und backt und nicht seine Zeit auf dem Markt vergeudet und Brot feilbietet.« Dietrich knallte einen Teigklumpen auf die Arbeitsplatte. »Schweig und füg dich. Sonst sage ich es deinem Vater, wenn er aus seinem selbstsüchtigen Halbschlaf erwacht.«

Lando knirschte mit den Zähnen. Es war ein Elend, der Jüngste der Familie zu sein. Wie gern würde er wie seine großen Brüder Thorwald und Harmen das Elternhaus verlassen und bei Meister Klambeck in die Lehre gehen. Er würde den Ofen in dessen Backstube anfeuern und Brotlaibe in der durchwärmten Diele formen.

»Du bleibst hier und hilfst, wo es nötig ist«, hatte Vater ihm stattdessen vor einem Jahr eröffnet. »Wir sind nicht wohlhabend genug, um auch noch das Lehrgeld für dich aufzubringen.« So war es denn Vaters Geiz gewesen, der Lando an das Haus band und wie einen Knecht schuften ließ. Und jetzt sollte er auch noch Backwerk auf dem Markt verkaufen. In der zugigen Holzbude, die auf dem Bäckermarkt als Verkaufsstand diente, froren einem die Zehen ab. Nie hatte er verstanden, wie seine Mutter es im Winter dort ausgehalten hatte. Wolllappen hatte sie sich morgens um die Lederschuhe gewickelt, bevor sie in die hölzernen Trippen geschlüpft war. So war sie losgestapft mit ihrem Karren voller Brot. Dreimal am Tag war Lando zu ihr auf den Bäckermarkt gelaufen und hatte ihr Feldsteine gebracht, die er im Ofen für sie gewärmt hatte. Sie hatte sie in die rot gefrorenen Hände genommen, an ihren Bauch gedrückt und ihm still zugelächelt.

Nie wieder würde sie lächeln.

Die Kälte war schuld an Mutters Schicksal. Sie hatte den Husten gebracht, dann das Fieber und schließlich den Tod.

Ein Hauch von Frost lag in der Luft. Über den Dächern der Stadt kletterte die Sonne das Himmelsgewölbe empor und tauchte die farbig geschlämmten Fronten der Backsteinhäuser in hellrotes Morgenlicht. Lando zog mit steif gefrorenen Händen den Brotkarren über einen Bohlenweg. Er musste achtsam sein, denn wie leicht geschah es, dass eines der runden Brote vom Karren purzelte.

Je näher er der Stadtmitte kam, desto mehr Karren, beladen mit Gemüse, Brotlaiben und Fässern, rumpelten mit ihm den Marktbuden entgegen. Frauen, eingewickelt in wollene Umhänge, trugen Körbe und klapperten auf hölzernen Trippen an ihm vorbei. Lando fühlte einen Stich in seinem Herzen, als er die Bäckerbuden im Schatten der hochaufragenden Kirche Sankt Marien erreichte. Seit er denken konnte, hatte hier seine Mutter das Backwerk feilgeboten.

»Endlich, Lando! Das Roggenbrot ist schon seit dem Vormittag aus. Hast du mir auch ordentlich Nachschub mitgebracht?«, so hörte er ihre Stimme in seinem Innern. Hatte er erwartet, sie würde in der Holzbude stehen und ihm zunicken? Glaubte er, ihr Tod war nur ein Hirngespinst, ein böser Traum, weiter nichts? Ein Schlag auf seinen Rücken holte ihn in die zugige Wirklichkeit des Bäckermarktes zurück. Alle Stände, bis auf den seinen, waren schon aufgebaut und beschickt. Brote und Kuchen türmten sich auf den Auslagen. Lauthals wurden Mandelhörnchen, Krumme Krapfen und Roggenbrot angepriesen.

»Gott zum Gruß, mein junger Freund«, rief eine scheppernde Stimme, die nur einem gehören konnte. Lando fuhr herum.

»Meister Friedolf! Gott schenke Euch einen guten Morgen!«

»Gleichfalls, gleichfalls, Lando.« Der klapperdürre Paternostermacher verneigte sich übertrieben tief vor ihm. Immer, bevor Meister Friedolf sich morgens an seine Arbeit gesetzt und Bernsteine zu kleinen Perlen für Gebetsketten gedrechselt hatte, war er in aller Frühe zu Mutters Stand gekommen, um sein Brot bei ihr zu kaufen. Es sei das beste, hatte er stets behauptet. Dagegen sei das Backwerk der anderen reinster Schweinedreck.

Der Paternostermacher stellte sich auf die Zehenspitzen.

»So mich meine trüben Augen nicht täuschen, ist Eure Frau Mutter schon wieder nicht hier. Ist sie denn noch immer leidend?« Er wippte auf den Füßen. Seine kleinen Fuchsaugen blickten umher.

Lando wusste, wie sehr Meister Friedolf seine Mutter geschätzt hatte. Wie sollte Lando ihm beibringen, was mit ihr geschehen war? Er kramte in seinem Kopf nach sanften Worten, doch fand er nur Traurigkeit und Leere. Um Zeit zu gewinnen, begann er, das Dachgestänge der Bude abzuladen. Als das Schweigen ihm unerträglich wurde, stieß er hervor: »Tot ist sie! Tot und begraben.« Er ließ zwei Holzstangen neben den Karren fallen und biss sich auf die Unterlippe, bis sie schmerzte.

Meister Friedolf erbleichte. Er bekreuzigte sich und schien gleichzeitig in sich zusammenzusacken. Mit den Fingerspitzen rieb er sich den Nasenrücken und murmelte: »So, so, sie hat uns also verlassen, die gute Heilwig.«

Er ließ die Arme hängen, als gehörten sie nicht mehr zu ihm. »Tot und begraben«, wiederholte er. »Soso.«

»Ja, tot und begraben!«, rief Lando lauter, als er wollte. Meister Friedolf zuckte zusammen.

Wut kochte in Lando hoch, Wut auf Meister Friedolf und seine Trauer. Er wollte das nicht auch noch ertragen. Er hatte wahrhaftig genug mit sich selbst zu tun.

»Wie ist es geschehen?«, fragte Meister Friedolf leise. Er bohrte seinen Zeigefinger in eines der zahlreichen Löcher seines Mantels.

»Sie litt an bösem Husten und hatte beim Atmen stechende Schmerzen«, erzählte Lando. »Gekrümmt hat sie sich und …«

»Hat sie dir noch etwas sagen können?«, unterbrach Meister Friedolf ihn.

»Nein. Nichts. Sie ist ohne ein Wort gegangen.« Lando fuhr sich über die Augen.

»Und die Letzte Ölung?«, fragte der Paternostermacher zaghaft. »Hat sie noch beichten können?«

»Nein.« Lando schüttelte heftig den Kopf. Er wollte die Bilder vertreiben, wollte nicht mehr daran denken, wie er seinen Vater immer wieder angefleht hatte, einen Priester zu holen. Wie der nur abgewinkt und gesagt hatte: »Sie stirbt nicht, verflucht!«, sich abgewandt und das Zimmer so überstürzt verlassen hatte, als sei er auf der Flucht.

»So ist sie ohne Beichte …« Meister Friedolf blinzelte mit Tränen in den Augen. »Oh, heilige Jungfrau Maria. Lass sie nicht der Hölle anheimfallen. Sie hat es nicht verdient.«

»Sie ist nicht in der Hölle!«, behauptete Lando.

»Versündige dich nicht«, flüsterte Meister Friedolf und wedelte wild mit den Händen. »Das kannst du nicht …«

»Sie ist nicht in der Hölle«, beharrte Lando. »Ein Engel ist mir an ihrem Sterbebett erschienen.«

»Ein Engel?« Meister Friedolf sah ihn aus schmalen Augen an. »Wann hast du einen Engel gesehen? Wie sah er aus?«

»Er war groß, hell, fast weiß«, log Lando, »und wunderschön. Schöner als alles Irdische. Schöner als alles, was ich bisher gesehen habe. Er hat Mutter an die Hand genommen und zu mir gesagt: ›Fürchte dich nicht. Ich führe sie in das himmlische Reich. Sie wird ein Engel werden und dich immer beschützen‹. Ja, das hat er gesagt.«

Eine Träne floss, verharrte kurz in einer von Meister Friedolfs Lachfalten und suchte sich dann ihren Weg bis zum Kinn, an dem sie hängen blieb. Seine Lippen verzogen sich zu einem Lächeln und ließen zwei Zahnlücken sehen.

»Ein Engel soll sie werden«, flüsterte er. »Ein Engel, ja, ja. Ins himmlische Reich. Das hat sie verdient, die gute Heilwig.« Weitere Tränen rannen ihm die Wangen hinab. Er schniefte und wischte sich mit dem Ärmel quer über das Gesicht.

Lando hatte den Paternostermacher noch nie weinen sehen. Er trat von einem Fuß auf den anderen, schwankte zwischen Unbehagen und dem tröstenden Gefühl, mit seiner Trauer nicht allein zu sein.

»Verzeiht mir, Meister, doch ich muss den Stand beschicken.«

»Gewiss«, sagte Meister Friedolf. »Gewiss.«

Er legte ihm für die Länge eines Atemzugs seine Hände auf die Schultern. Lando meinte, deren Wärme durch den dicken Wollstoff zu spüren. Schließlich nickte der Paternostermacher kurz, wandte sich ab und eilte, ohne sich noch einmal nach Lando umzudrehen, davon.

2

Wie von Sinnen stolperte Meister Friedolf in die Hundestraten. Die Worte, die er vor sich hin murmelte, schmeckten gallebitter.

»Sie ist tot. Tot und begraben, meine Heilwig.«

Er stieß die Tür seines Hauses auf und taumelte in die Diele. »Tot und begraben.«

Hinrich, der Geselle, hockte auf einer Holzbank am Fenster.

»Wer ist tot und begraben, Meister?«, fragte er und sah von einem Bernstein auf, den er gerade schliff.

»Niemand, den du kennst«, knurrte Friedolf und fuhr sich mit beiden Händen durch die Haare. »Schweig und schaff! Tu das, wofür du bezahlt wirst. Und du …« Er fuhr zum Lehrling herum, der in einer Ecke auf einem Holzschemel saß und Bernsteinperlen auf eine Kette zog. »Du fegst die Werkstatt, Bertram! So verdreckt will ich es hier nicht haben.« Er stieß mit der Stiefelspitze Bernsteinsplitter fort, wandte sich um und stampfte die schmale Stiege hoch. Es war ihm kaum noch möglich, die Tränen zurückzuhalten, doch mit keiner Menschenseele konnte er sein Leid teilen. Niemand durfte wissen, wie sehr er Heilwig geliebt hatte, schließlich war sie das Eheweib des Bäckermeisters Johan van Ehlen gewesen und nicht das seine. Er flüchtete in seine Kammer und zog die Tür hinter sich zu. An die Wand gelehnt, ballte er die Fäuste. Verflucht sei ihr Vater, der selbst Bäckermeister gewesen war und seine Tochter nur mit einem

Amtsbruder verheiraten wollte. Alles hatte er versucht, um den elenden Stiernacken von dessen Verbohrtheit abzubringen, wahrhaftig alles, doch es war vergebens gewesen. Nichts hatte seine Meinung ändern können, nicht einmal die Münzen, die Friedolf ihm unter die Nase gehalten hatte, seine gesamten Ersparnisse nach Jahren harter Arbeit.

Meister Friedolf stieß sich von der Wand ab und kniete sich vor eine kleine Truhe, die neben seinem Bett stand. Er hob den gewölbten Deckel an. Einen Beutel aus grünem Samt zog er heraus und schüttelte den Inhalt in seine hohle Hand. Dort lag er nun, der Ring aus honigfarbenem Stein. Er fing Sonnenlicht, das spärlich durch die kleinen, mit Sprossen eingefassten Glasscheiben fiel. Meister Friedolf streichelte mit der Zeigefingerspitze goldgelbe Blumenranken, die er für Heilwig in das Schmuckstück geschnitzt hatte. Der Ring gehörte ihr. Sie hatte ihn ablegen müssen, als Meister van Ehlen zurückgekehrt war. Die feige Ratte.

Friedolf schloss die Augen. Hätte die Pest doch ihn hinweggerafft, stattdessen nahm sie Heilwigs Töchter, die unschuldigen kleinen Dinger.

Seit diesem Tage haderte er mit Gottes Allmacht. Jede Stunde. Immer.

3

Elias nutzte die Zeit zwischen der Sext und dem Mittagsmahl, seinem Lehrmönch Bruder David zu entwischen. Dies war in den Zeiten, in denen immer mehr Mönche von dem heimtückischen Antoniusfeuer heimgesucht wurden, nicht weiter schwierig. Alles ging drunter und drüber, alltägliche Arbeiten blieben liegen und ein jeder war in Sorge, selbst zu erkranken.

Bis vor wenigen Tagen noch war Bruder Johannes Elias' Lehrmönch gewesen. Er hatte den Novizen wie einen Schatten verfolgt. Keine Sekunde hatte er ihn aus den Augen gelassen, doch dann war auch er erkrankt und lag nun im Krankensaal, dicht an dicht mit seinen Leidensgenossen.

Bruder David war der Cellerar des Klosters und sorgte für Nahrung und Kleidung der Brüder. Trotz seiner vielfältigen Aufgaben hatte er angeboten, sich Elias' Ausbildung und Obhut außerhalb der Schulzeiten anzunehmen.

Der Novize schlug den Weg zur Bibliothek ein. Dort wollte er nach Schriften von Meister Eckhart suchen, denn in einem Nebensatz hatte Bruder David ein Traktat erwähnt, das aus dessen Feder stammte. Es handelte davon, wie edel der Mensch geschaffen wäre in seiner Natur und wie göttlich es sei, wozu er aus Gnade zu gelangen vermöchte. Bruder David hatte ihm Eckharts Überlegungen zum äußeren und inneren Menschen dargelegt, und der Novize war so sehr von diesen Gedanken ergriffen worden, dass es ihn danach verlangte, sich in aller Ruhe in das Traktat zu vertiefen.

Mit raschen Schritten überquerte Elias den Hof, doch vor der Zelle des Pförtners hielt er inne. Aus ihr war ein Klagelaut gedrungen, der ihm durch und durch gegangen war. Litt Bruder Thomas Schmerzen? War er womöglich gestürzt?

Elias legte eine Hand auf die eiserne Klinke, zögerte jedoch, die Tür zu öffnen. Für gewöhnlich ging er dem Pförtner des St.-Christophorus-Klosters aus dem Weg, denn der spuckte Gift und Galle, sobald ihm etwas missfiel. Und vieles missfiel dem Hageren, die Nonnen, mit denen sich die Mönche das Kloster teilen mussten, jene weltlichen Mägde und Knechte, die niedere Arbeiten erledigten, und auch die Klosterschüler und Novizen. Seiner Ansicht nach zeigten sie weder den nötigen Ernst noch ausreichend Frömmigkeit.

Der Novize presste sein Ohr gegen das Holz des Türflügels. Er musste sichergehen, dass dort drinnen tatsächlich Hilfe nötig war. Nur wenn es unumgänglich war, würde er die Zelle des Pförtners betreten.

Ein klatschender Laut, wie der Hieb einer Peitsche, war zu hören, gleich darauf ein Ächzen. Wen um Himmels willen prügelte der Pförtner? Etwa einen der kleinen Klosterschüler, die dem turmhohen Bruder Thomas nur bis zum Bauchnabel reichten? Elias musste sich eingestehen, dass er dem Pförtner die maßlose Züchtigung eines Kindes zutrauen würde. Dennoch fehlte ihm der Mut zu klopfen. Gnade dem, der sich mit Bruder Thomas anlegte. Der Pförtner war nachtragend wie ein alter Ziegenbock.

Elias rang mit sich. Nichts schien in diesem Augenblick verlockender, als sich einfach davonzuschleichen.

Wieder ein Klatschen, ein Ächzen, ein qualvolles Stöhnen.

Nein, er durfte Augen und Ohren nicht vor dem Leid seiner Mitmenschen verschließen. Er musste herausfinden, auf welche Kreatur der bösartige Kerl so erbarmungslos eindrosch.

Elias spähte durch die Ritzen der Brettertür. Was er in der Zelle erblickte, ließ ihn schaudern. Der Mönch kniete mit entblößtem Oberkörper vor einem Kruzifix und geißelte sich mit einer dreischwänzigen Peitsche. Unerbittlich ließ er sie auf seinen Rücken sausen, der bereits mit roten Striemen übersät war. Rinnsale dunklen Blutes suchten sich ihren Weg durch wulstige Narben und frische Wunden.

Der Novize löste sich mit Grauen von dem Anblick. Ihm klangen die Worte seines Lehrmönchs in den Ohren, die er gebetsmühlenartig wiederholt hatte: »Irregeleitete sind sie, die Geißler, unterwandern fromme Seelen, flüstern ihnen unheilvolle Lehren ein und vergiften ihren Glauben. Wir müssen die geheimen Bünde der Flagellanten zerschlagen, wo wir nur können.«

Elias durfte es nicht verschweigen. Selbstgeißelung war ein Verstoß gegen die Regeln des Klosters, seit Papst Clemens der Vierte das öffentliche Geißlertum untersagt hatte. Als der Schwarze Tod vor Jahren in Lübeck gewütet hatte, so wurde ihm erzählt, waren mit ihm scharenweise Flagellanten in die Stadt gezogen und hatten in der Öffentlichkeit gebetet und sich die Rücken blutig gepeitscht. Damit wollten sie für die Sünden der Menschheit büßen und die Pest, diese Strafe Gottes, von sich abwenden. Die Bewegung wuchs und immer mehr Männer schlossen sich ihr an. Selbst Brüder der Abtei hatten sich dazu bekannt und sich mit Männern aus dem gemeinen Volk zusammengetan. Gemeinsam mit ihnen waren sie durch die Straßen gezogen, um sich in aller Öffentlichkeit zu geißeln. Trotz der päpstlichen Bulle waren sie nicht zu der Einsicht gelangt, sich von den Irrlehren der Geißelbrüder zu lösen. Sie wurden der Häresie beschuldigt und aus dem Orden verstoßen. Seitdem wurde keine Form der Selbstgeißelung in ihrer Abtei geduldet. Die Einhaltung der benediktinischen Regeln reiche vollkommen, um ein gottgefälliges Leben zu führen, hatte der Abt in einer Predigt betont. Alles andere verführe nur zum Ketzertum. Elias war also verpflichtet, Bruder David von seiner Entdeckung zu erzählen, und der würde entscheiden, ob der Abt des Klosters von dem Vergehen unterrichtet werden musste. Zuvor jedoch wollte Elias zur Bibliothek, zu sehr verlangte es ihn nach Meister Eckharts Schriften.

Die Bibliothek war unverschlossen. Der greise Bruder Anselm, der für gewöhnlich über die wertvollen Bücher und Schriften wachte, redete seit Tagen wirres Zeug und lag mit kalten, blassen Gliedern im Krankensaal. Auch er war am Antoniusfeuer erkrankt, und niemand hatte daran gedacht, die Bibliothekstür zu verriegeln.

Bis zur Decke reichten die dunklen Regale. Elias durchmaß den Saal mit langen Schritten. Er musste sich beeilen, denn gleich würde zum Mittagsmahl geläutet. Sein Fehlen konnte auffallen und sowohl lästige Fragen als auch Bestrafung nach sich ziehen. Ihm blieb also keine Zeit, sich durch die Schriftzüge auf den Buchrücken zu lesen. Er musste das Verzeichnis finden, in dem der Bibliothekar jedes Buch und jede Schrift vermerkte.

Nach einigem Suchen entdeckte er es aufgeschlagen auf einem Lesepult. Sein Zeigefinger fuhr die Zeilen entlang. Er blätterte. Auf den ersten Seiten waren die verschiedenen Schriften der Bibel vermerkt, gleich darauf folgten die der Kirchenväter Thomas von Aquin, Ambrosius, Hieronymus und Augustinus, doch sie lockten Elias nicht. Jeden Tag hörte er ihre braven Lehren. Sie boten ihm nichts Neues, nichts Erstaunliches, nichts, das seine innere Welt aus den Angeln hob.

Er gelangte zu Namen, die ihm verlockender schienen, Dietrich von Freiberg und Johannes Tauler, und endlich fand er auch Meister Eckhart verzeichnet, doch war sein Name nur mit Mühe zu erahnen. Es schien, als hätte jemand an dieser Stelle die Tinte vom Pergament gekratzt. Sämtlichen Titeln seiner Predigten und Traktate war dies widerfahren und die Schriftzüge waren kaum noch zu entziffern. War es möglich, dass die Schriften von Meister Eckhart aus der Bibliothek entfernt worden waren? So verfuhr man für gewöhnlich nur mit Theologen, die einem falschen Glauben anhingen, Irrlehren verbreiteten und sich damit der Häresie schuldig machten.

Elias beeilte sich, aus der Bibliothek zu kommen. Er musste seinen Lehrmönch dazu befragen. Schließlich hatte er ihm von diesem Meister Eckhart erzählt.

Nach dem Mittagsmahl wandelten Elias und Bruder David durch den Kreuzgang, der das Gräberfeld des Klosters umschloss. Sein Lehrmönch blieb stehen und verschränkte die Arme.

»Weshalb Meister Eckharts Schriften aus der Bibliothek verbannt worden sind, willst du wissen?« Er ließ seinen Blick über die Grabstellen der Brüder gleiten.

»Nicht alle Lehren und Schriften des Meisters sind als häretisch verurteilt worden.« Der Mönch setzte seinen Weg fort. »Lediglich 28, und davon elf sogar nur als verdächtig. Dennoch ist Eckhart in Verruf geraten und seine Lehren wurden vergessen. Ein Jammer.« Er seufzte tief. »Dabei sind sie bemerkenswert, seine Ansichten. Der Seelengrund eines jeden Menschen, so sagt er, sei nicht erschaffen, sondern seit jeher da gewesen. Er ist wie Gott ungeschaffen und unerschaffbar. Ein faszinierender Gedanke, nicht wahr?«

»Der Seelengrund«, wiederholte Elias.

»Dies ist, was uns alle verbindet, Elias. Wir sind alle eins und vereint mit Gott. Dies gilt, nebenbei bemerkt, auch für einen Bruder Thomas.«

Der Novize hatte ihm kurz zuvor von dem Vergehen erzählt und Bruder David hatte dazu geschwiegen, doch seine Augen hatten sich verdunkelt.

»Ja, auch ein Bruder Thomas«, fuhr der Lehrmönch fort, »selbst wenn uns dies verwundern mag.« Er lächelte. Tatsächlich war der Gedanke für Elias unbegreiflich, wenn er an den Pförtner dachte, an seine turmlange, hagere Gestalt, an den Zinken in seinem Gesicht und die winzigen Augen, die einen jeden mit Missfallen musterten.

Schweigend gingen Bruder David und der Novize nebeneinander her. Vielleicht würde Elias die Lehren von Meister Eckhart verstehen, wenn er sie sich selbst erschließen durfte.

»Du sagtest vorhin«, wandte er sich an seinen Lehrmönch, »dass nicht alle seine Schriften verboten seien. Warum aber findet sich in der Bibliothek kein einziges Traktat, keine Predigt? Warum wurde alles entfernt?«

»Weil die Angst gesiegt hat. Sobald das Urteil ergangen war, hat unser Abt sämtliche Werke verbrennen lassen, ohne einen Unterschied zu machen. Welch eine Verschwendung.«

»So ist alles …« Elias verstummte. Enttäuschung fraß sich in sein Herz.

»Nein, nicht alles.« Bruder David zog ein in Leder gebundenes Buch aus dem Ärmel seiner Kutte. »Ich war damals ein junger Mönch, fasziniert und zutiefst beeindruckt von Meister Eckharts Gedanken. So habe ich vor dem Feuer gerettet, was ich nur konnte. Verbirg das Buch gut.«

»Woher wusstest du, dass ich …«

Bruder David lächelte.

»Ich glaube, dich ein wenig zu kennen, Elias.«

»Danke, Bruder David. Ich werde die Schriften studieren, bis ich sie einigermaßen durchdrungen habe.« Elias nahm das Buch und verbarg es, wie sein Lehrmönch zuvor, in den Aufschlägen des Ärmels. »Ich weiß nicht warum, aber ich muss alles wissen und verstehen, dieses Woher und Wohin unserer Seelen und ebenso das Wofür. Alles hier muss doch einen Sinn haben.« Er spürte Bruder Davids Blick auf sich ruhen.

»Sag, Elias, seit wie vielen Jahren bist du bereits bei uns?«

Der Novize presste die Lippen aufeinander. Er ahnte, wie die nächste Frage lauten würde, doch das war es nicht, worüber er jetzt sprechen wollte. So zuckte er mit einer Schulter und hoffte, damit zu entkommen, doch sein Lehrmönch verzichtete ungern auf Antworten.

»Nun«, fragte er, »wie lange also?«

»Zwölf Jahre, Bruder David.«

»So warst du erst drei, nicht wahr, als du zu uns kamst? Was weißt du über deine Eltern? Warum gaben sie dich so früh zu uns?«

Genau dies war die zweite Frage, die Elias nicht hören wollte. Etwas schmerzte in seiner Brust, das war wie eine Spinne, die sich die meiste Zeit über verborgen hielt. Doch in Augenblicken wie diesen kroch sie hervor und biss.

Die Wahrheit war, er konnte sich nicht mehr erinnern. Es gab nur diesen Schmerz. Er hatte Vater und Mutter niemals wiedergesehen. Ihre Gesichtszüge waren längst verwischt.

Bruder David legte den Arm um Elias' Schultern.

»Du möchtest nicht darüber reden?«

»Es ist Vergangenheit, Bruder David. Es kümmert mich nicht, wer meine Eltern sind oder waren oder gewesen sind. Es hat für mich keinen Sinn, Dinge hervorzuzerren, die doch nicht mehr zu ändern sind. Darf ich jetzt gehen?«

Bruder David nickte.

4

Eines Tages stand Meister van Ehlen wie früher an dem langen Arbeitstisch und knetete gewaltig große Klumpen Teig. Lando kratzte Breireste aus einer Schüssel und fragte: »Geht es Euch nun besser, Vater?«

Als Antwort erhielt er ein Grunzen.

Sehnsüchtig blickte Lando zur Tür. Es zog ihn hinaus auf die Straße, möglichst weit weg von diesem trüben Haus.

»Wo ist Dietrich?« Er stellte das irdene Gefäß zurück zu den anderen Schüsseln.

»Einen Sack Salz holen«, erwiderte Meister van Ehlen knapp.

»Dann laufe ich ihm entgegen und helfe ihm beim Ziehen des Karrens.« Lando wich seinem Blick aus. Der Meister schwieg. Dies nahm Lando als sein Einverständnis. Er riss Mantel und Gugel vom Haken und stürzte aus der Tür.

Draußen wäre er fast über ein Schwein gestolpert, das vor dem Eingang den Schlamm durchwühlte. Lando rannte um zwei Ecken und wich einem Bettler aus, der sich auf eine Krücke stützte und ihm seine schmutzige Hand entgegenhielt. Eine streunende Katze ergriff vor Lando die Flucht. Sie sprang auf eine Mauerkrone und rettete sich in einen Obstgarten. In der nächsten Straße lehnte er sich rücklings an eine Hauswand und schöpfte Atem. Er dachte nicht daran, Dietrich beim Ziehen des Karrens zu helfen. Später würde er dann behaupten, er hätte den Gesellen im Gewirr der Gassen nicht gefunden, so würde er sich schon herauswinden. Er wickelte sich in seinen Mantel und streifte die Gugel über den Kopf. Er war in das Viertel der Kaufleute geraten. Hier waren die Straßen breit und mit runden Steinen gepflastert, sodass man nicht wie in den kleinen Gassen knöcheltief im Schlamm versank. Träger mit breiten Schultern schleppten prall gefüllte Säcke in die Dielen der Häuser. Von dort aus wurden die Waren mit Seilwinden auf die Speicherböden gezogen.

Die Treppengiebel der prächtigen Backsteinhäuser waren mit bunten Wetterfahnen geschmückt. Sie flatterten im Wind, der eiskalt vom Hafen her wehte und einen herben Pechgeruch mit sich brachte. Von hier aus erkannte Lando das Wirrwarr der Segel und Masten gleich hinter der Stadtmauer. Dort lagen sie, die bauchigen Handelsschiffe, prall gefüllt mit Pelzen und Stockfisch aus dem Norden und Weinfässern aus dem Süden. Unwiderstehlich lockten die Geräusche und Gerüche des Hafens. Lando stieß sich von der Hauswand ab und wollte gerade den Weg zur Trave einschlagen, da packte ihn jemand im Nacken.

»Da steckst du, elender Lump!«, brüllte sein Vater und schüttelte ihn. »Dem Gesellen helfen … ha! Den Teufel wolltest du tun. Herumlungern und dem Herrgott die Zeit stehlen, das ist alles, was du kannst.«

»Aber ich …« Weiter kam er nicht, sein Vater drosch auf ihn ein. Lando ging zu Boden und hielt sich die Arme vor das Gesicht. Der Schmerz bei jedem Schlag trieb ihm die Tränen in die Augen. Wenn es doch nur aufhören würde.

Endlich hatte sich der Bäckermeister ausgetobt. Schnaubend vor Wut zog Lando auf die Füße und schubste ihn vor sich her, der Backstube entgegen.

»Ein Nichtsnutz bist du!«, tobte er. »Ein Lügenbold. Aber warte nur. Ich werde dir das Gehorchen schon beibringen.« Er stieß ihn durch die offen stehende Bohlentür in die Diele. Lando versuchte sich zu fangen, stolperte jedoch über einen Hocker und fiel Dietrich in die Arme.

»Hollaho, hast du es aber eilig, an die Arbeit zu kommen.« Der Geselle grinste und stellte ihn auf die Füße.

Mit der Zeit lernte Lando es zu schätzen, auf dem Bäckermarkt zu stehen und Brot feilzubieten. Die Kälte war leichter zu ertragen als die groben Worte des Bäckermeisters und die Prügel, die Lando immer häufiger einstecken musste. Überdies kam jeden Morgen der Bernsteindreher Meister Friedolf an Landos Stand und wechselte ein paar Worte mit ihm. Er war der einzige Mensch, den sein armseliges Leben zu kümmern schien.

An einem Morgen im März rieb Meister Friedolf sich die rot gefrorenen Hände und sagte statt eines Grußes: »Gleich ist er da, der Krähenschwarm!«

»Welchen Krähenschwarm meint Ihr?« Verwundert blickte Lando in die Luft. Hoch über sich sah er die Spitzen der Zwillingstürme von St. Marien. Schwarze Vögel aber konnte er nicht entdecken, was gut war, denn Krähen verhießen nur lauter Unglück.

»Nicht dort«, sagte Meister Friedolf ungeduldig »Dort!« Er wies auf eine Gruppe von fünf Mönchen, die sich um

Jakob Klambecks Stand drängten. In ihren schwarzen Habiten glichen sie wahrhaftig Krähen.

Lando beobachtete, wie die Geistlichen nach den Broten auf der Auslage griffen, sie drehten, wendeten und berochen.

»Was machen die da?«, fragte Lando, ohne seinen Blick von ihnen zu wenden.

»Sie begutachten«, erklärte Meister Friedolf.

»Warum tun sie das?« Lando runzelte die Stirn. »Ich denke, das Amt überwacht die Güte des Backwerks. Was haben die Klöster damit zu schaffen?«

Meister Friedolf beugte sich zu Lando hin und flüsterte ihm ins Ohr: »Ich habe da etwas gehört. Ein Gerücht. Eine Seuche soll im Kloster ausgebrochen sein. Den Mönchen und Laienbrüdern werden Hände und Füße schwarz und dann fallen sie ab.« Meister Friedolf schüttelte zur Verdeutlichung Arme und Beine. »Die Arbeit bleibt liegen. Die Kräutergärten verwildern und das Vieh soll drei Fuß hoch im eigenen Mist stehen. Nur mühsam können sie ihre Tagesgebete abhalten, denn fast alle sind mit Krankenpflege beschäftigt. Sie brauchen Brot, viel Brot, denn jene, die gebacken haben, liegen mit absterbenden Gliedmaßen danieder.«

Lando schauderte. »Eine Seuche?«, wisperte er. »Heiliger Georg!«

»Fleh' lieber den heiligen Antonius an«, riet Meister Friedolf. »Man munkelt, sie seien allesamt am Antoniusfeuer erkrankt. Das ist der Lohn für ihr lasterhaftes Treiben, sage ich dir. Mönche und Nonnen in einem Kloster vereint. Das kann nicht gut gehen. Doch still jetzt, sie kommen herüber.«

Unruhig sah Lando ihnen entgegen. Der Krähenschwarm rollte auf ihn zu wie eine schwarze Woge. Ob das Antoniusfeuer schon in ihnen loderte? Versprühten sie mit ihren heiligen Worten kranke Luft? Besorgt trat er einen Schritt zurück. Verflucht, der Karren schnitt ihm den Weg ab. Meister Friedolf kicherte. Lando warf ihm einen wütenden Blick zu.

»Bist du es, der hier Brot verkaufen will?« Die Stimme hatte nicht unfreundlich geklungen. Ein groß gewachsener Mönch mit rundem Gesicht und ergrautem Haarkranz stand vor ihm. Landos Blick wanderte zu seinen Händen. Ob es schon Anzeichen für die Krankheit gab? Krümmten sie sich und wurden schwarz? Doch leider hielt der Mönch sie auf Bauchhöhe unter den weiten Ärmeln seiner Kutte versteckt.

»Nun?«, sagte dieser ruhig. »Willst du mir nicht antworten?«

»Was … was hattet Ihr gefragt?«, stammelte Lando.

Ein gedrungener Mönch drängte sich nach vorne. Mit seinem Zeigefinger fuchtelte er vor Landos Augen herum und keifte: »Ob du es bist, der hier Backwerk verkaufen will, du Dummkopf!« Er griff hinter ihm in den Karren und zog einen Brotlaib hervor. Zwei weitere Brote und das Dachleinen der Verkaufsbude purzelten in den Matsch. Das scherte den Mönch nicht weiter, er drückte das ergatterte Brot, drehte und wendete es. Lando hoffte, er würde nicht auch noch seine Knollennase daran reiben.

»Wisst Ihr denn nicht, dass es verboten ist, die Waren zu berühren?«, fuhr er ihn an.

»Was erlaubst du dir?«, blaffte der Mönch zurück. »Wir sind schließlich nicht irgendwelche dahergelau…«

»Der Bursche hat recht«, unterbrach der groß gewachsene Mönch ihn. »Höflicher ist es, die Erlaubnis zu erbitten.« Er wandte sich Lando zu. »Würdest du uns also gestatten, dein Brot zu kosten? Es geht um eine größere Menge, die wir unter Umständen abnehmen würden.«

Das klang allerdings vielversprechend, und so nickte Lando.

»Es ist auffallend hell, das Brot«, bemerkte der gedrungene Mönch und bedachte Lando mit misstrauischem Blick. »Hat dein Meister denn die Möglichkeit, weißes Mehl zu verbacken?«

Bei allen Heiligen! Diese Frage traf Lando wie ein Fausthieb. Natürlich konnten sie kein weißes Mehl in den Teig mischen. Es war viel zu hoch im Preis und so nur für Bäcker erschwinglich, die für reiche Kaufleute und Herrschaftliche buken. Sie mussten sich mit dunklem, grob gemahlenem Roggen-, Weizen- und Gerstenmehl zufriedengeben. Doch umso heller das Brot, desto teurer konnte es verkauft werden. Die Leute rissen sich geradezu um helles Brot. Und diese Mehreinnahmen waren, seitdem Mutter tot war, bitter nötig. Immer häufiger trieb sich Meister van Ehlen wer weiß wo herum und wankte erst in den Nachtstunden mit glasigen Augen zurück in die Backstube.

»Wie soll ich die Arbeit schaffen«, knurrte Dietrich jeden Morgen. »Wovon sollen wir Mehl kaufen? Das kann mir mal einer sagen.« Schließlich begann er, Kreide in den Teig zu mischen, die das Brot heller erscheinen ließ.

Meister van Ehlen hatte es schweigend hingenommen. Was blieb ihnen anderes übrig?

Es war nicht ungefährlich, diese kleine Betrügerei zu begehen. Erführen die Älterleute davon, wären dem Bäckermeister van Ehlen samt Gesellen und Sohn schlimmste Strafen gewiss. Sie würden an den Pranger gestellt oder, noch schlimmer, so oft in die Fluten der Trave getaucht werden, bis sie zu ertrinken drohten. Fürwahr keine schöne Vorstellung. So war Lando angesichts des Mönches der kalte Schweiß ausgebrochen.

»Weißes Mehl?«, wiederholte Lando und tat dabei so erstaunt wie möglich. »Aber nein, natürlich nicht. Wir verbacken einfaches Mehl, jedoch vermischen wir es derart geschickt mit feinen Zutaten, dass es uns so außergewöhnlich hell gelingt. Es ist ein Geheimrezept.«

»Ach? Ein Geheimrezept?« Der Mönch verzog die Lippen zu einem spöttischen Lächeln. »So lass mich kosten, ob es so vielversprechend schmeckt, wie es aussieht.« Er brach einen großen Brocken heraus und schob ihn sich in den Mund. Dann reichte er den Brotlaib an einen wohlbeleibten Mönch weiter, der neben ihm stand. Auch dieser brach ein Stück ab.

Während das Brot herumgereicht wurde und dabei immer mehr schrumpfte, schickte Lando ein Stoßgebet zum Himmel. Was sollte er tun, wenn der Schwindel aufflog? Er könnte über den Karren springen, ihn in den Krähenschwarm stoßen und die Flucht ergreifen. Doch wo sollte er dann hin? Es wäre ein Leichtes für sie, zum Stand den dazugehörigen Bäcker herauszufinden, und es würde keine Stunde vergehen, bis die Büttel vor ihrem

Haus standen und Lando, seinen Vater und Dietrich in die Fronerei schleppten. Landos Herz flatterte wie ein aufgeregter Vogel in der Brust. Erst jetzt sah er, dass bei den Mönchen einer war, der statt eines schwarzen Habits eine schlichte Kutte aus ungefärbtem Leinen trug. Er war etwa einen Kopf größer als Lando und seine braunen, lockigen Haare waren nicht wie bei den anderen zu einem Kranz geschnitten. Gewiss ein Novize.

Der Lockige kaute das Brot langsam und bedächtig, zog dabei die Augenbrauen zusammen und schien nachzudenken. Vielleicht hatte er gerade den Kreidegeschmack wahrgenommen und überlegte noch, ob ihn seine Sinne täuschten.

Sag nichts, beschwor Lando ihn im Stillen, verrat uns nicht!

Der Blick des Novizen traf auf seinen, gleich so, als hätte er die eindringlichen Gedanken gehört. Hatte Lando seine Worte etwa gemurmelt? Besorgt versuchte Lando, in den nussbraunen Augen des Novizen zu lesen.

»Was meinst du, Bruder Jacobus«, wandte sich der Mönch mit dem freundlichen Gesicht an den dicken.

»Könnten wir mit diesem Brote wohl vorliebnehmen?« Der Angesprochene schob sich, statt zu antworten, einen weiteren Brocken des Brotes in den Mund und kaute ihn mit lautem Schmatzen.

»Danke«, sagte sein Gegenüber lächelnd, »auch dies war eine Antwort. Wie steht es mit dir, Bruder Nathan?«

Der Mönch schnaubte durch die Knollennase. »Es ist so gut und schlecht wie jedes andere hier, Bruder David«, antwortete er.

»Und du, Elias?« Der, den die Knollennase Bruder David genannt hatte, wandte sich dem Novizen zu.

»Verzeih, Bruder, doch mein Urteil ist sicher nicht würdig und …«

»Und doch möchte ich es hören«, sagte der Mönch.

»Nun, das Brot ist tatsächlich recht hell«, sagte der Novize. »Und vielerlei wohlschmeckende Gewürze sind dem Teig beigemischt, ganz …« Er verstummte und sah Lando stirnrunzelnd an. »Dennoch habe ich den Verda…«

»Aaah!«, schrie Lando und riss sein rechtes Bein hoch. »Meine Wade. Ein Krampf. Wie das schmerzt!« Er humpelte auf Meister Friedolf zu und krallte sich an dessen Schultern fest. In seinem Innern verfluchte er den Novizen. Dieser Kerl wollte ihn wohl an den Pranger bringen, Hundesohn, der er war. Lando hoffte nur, dass sein erbärmlicher Versuch, die Mönche von dessen Rede abzulenken, gelingen würde.

Meister Friedolf hielt Lando an den Oberarmen fest.

»Auftreten musst du, Lando«, riet er ihm. »Tritt fest auf, dann wird es wieder gut.«

Lando ließ von Meister Friedolf ab und befolgte dessen Rat. Jammernd humpelte er im Kreis herum und tat, als würde der Schmerz nur langsam nachlassen. Dabei schickte er stille Verwünschungen in Richtung des Novizen. Er bemerkte die verwirrten Blicke der Geistlichen. Nur der Mönch mit dem Namen David lächelte. Als Lando wieder ruhig auf seinen Beinen stand, räusperte er sich.

»So sage mir, wie der Meister heißt, der dieses Brot gebacken hat!«

»Es ist Meister van Ehlen aus der Krummen Querstraten«, antwortete Lando heiser.

»Die Brüder, die bisher unser Brot gebacken haben, sind erkrankt«, sagte Bruder David. »Ab morgen beliefert Meister van Ehlen das Kloster. Hundert Brote müssen gleich nach Sonnenaufgang in der Klosterküche abgegeben werden. Ich werde mit den Älterleuten sprechen, damit dein Meister mehr Brot als für die Bäcker vorgegeben backen darf, denn ich ziehe es vor, nur von einem Backhaus beliefert zu werden.«

»Ich hoffe nur, sie haben keine Ratten eingebacken«, flüsterte der Novize.

Lando riss seinen Kopf hoch und starrte ihn an.

»Selber Ratte!«, zischte er.

Bruder David legte Lando eine Hand auf die Schulter.

»Er meint es nicht so. Sicher zeigt er schon jetzt Reue, nicht wahr, Elias?«

Der Novize hob das Kinn.

5

Mit gesenktem Kopf stürmte der Pförtner des Klosters durch den Kreuzgang. Er scheuchte Lateinschüler auf, die mal wieder müßig schwatzend im Wege herumstanden, und wählte den Gang zwischen Brauhaus und Küche, um von dort auf den Hof zu gelangen.

Jemand hatte ihn verraten. Jemand hatte dem Abt zugetragen, mit welchem Eifer Bruder Thomas versuchte, das Kloster vor dem Antoniusfeuer zu erretten, wie er die Sünden seiner Brüder auf sich nahm, sich bis aufs Blut geißelte und Gottes Gnade für die Verfehlungen anderer erflehte. In seiner Verblendung hatte der Abt es gewagt, ihn für dieses Ansinnen zu bestrafen. Stockhiebe hatte es gegeben, lächerlich an Kraft, dafür doch umso erniedrigender. Und von den Mahlzeiten war er ausgeschlossen worden, sodass ein jeder von der Bestrafung erfahren würde. Demütigend.

Der Pförtner ballte die Fäuste. In diesem Kloster gab es einen Verräter, einen erklärten Feind der Flagellanten. Jeder, der sich gegen ihn und seine geheimen Brüder stellte, war ein Feind Gottes und musste ausgelöscht werden. Es gab keinen anderen Weg. Allerdings hatte der Abt den Namen des Verräters nicht genannt, allein, dass er ein Novize war, hatte der Pförtner in Erfahrung bringen können. Gerade wollte er gehen und Bruder Markus, der ihn vertrat, aus dem Pförtnerhaus vertreiben, als er innehielt. Es gab doch noch eine Möglichkeit, den Schuldigen zu finden.

Kurz darauf riss er die Tür des Schulhauses auf, in dem die Novizen unterrichtet wurden. Bruder Gregorius, der das Fach Rhetorik lehrte, fuhr herum und fasste sich ans Herz.

»Meine Güte, Bruder Thomas!«, rief er. »Wie sehr ich erschrak.«

Der Pförtner zog es vor, zu schweigen. Er stellte sich vor das Dutzend Novizen, die auf niedrigen Bänken vor ihm hockten, verengte die Augen zu schmalen Schlitzen und ließ seinen Blick über jeden Einzelnen von ihnen wandern. Er nahm sich Zeit, er bohrte sich in ihre Gedanken und Erinnerungen. Er würde den Verräter finden.

Die Novizen gerieten in Unruhe. Sie strichen sich Haare aus dem Gesicht, schluckten und sahen einander mit zuckenden Schultern an. Einer aber senkte den Blick und errötete vom Haaransatz bis zum Hals.

Elias war es, der Hochmütigste von allen, jener, der immer weiterfragte. Jener, der sich nie mit den Lehren allein zufriedengab und an der Grenze zur Ketzerei wandelte.

Bruder Thomas verzog sein Gesicht zu einem freudlosen Lächeln. Ohne ein Wort zu verlieren, wandte er sich um und verließ das Schulzimmer.

6

Lando hielt ein Brett vor seinem Bauch, auf dem runde Teigklumpen lagen. Dietrich nahm sie nacheinander auf die hölzerne Schaufel und ließ sie in den Ofen gleiten.

»Einhundert Brote, und das jeden Tag«, knurrte er und wischte sich Schweißperlen von der Stirn. »Das bedeutet, dass wir an den zwei Backtagen, die uns das Bäckeramt zugesteht, jeweils dreihundertfünfzig Brote mehr backen müssen. Wie sollen wir das zuwege bringen?« Er nickte in Richtung Arbeitstisch, wo Meister van Ehlen stand und ins Leere starrte, die Hände reglos im Teig versenkt. »Mit dem da sind die dreihundertfünfzig Brote jedenfalls nicht zu schaffen«, zischte der Geselle in Landos Ohr. »Wenn er nicht in den Hafenschenken sein Geld verspielt, schnarcht er auf der Ofenbank. Und wenn er nicht auf der Ofenbank schnarcht und sich tatsächlich einmal zur Arbeit herablässt, poltert er herum, verwechselt Dinkelmehl mit Roggenschrot und schläft spätestens beim Teigkneten ein.«

»Wir benötigen die Einnahmen«, sagte Lando betrübt. Er hatte vor zwei Tagen heimlich das Holzkästchen geöffnet, in welchem sein Vater das Ersparte verwahrte. Es war so gut wie leer. Die Münzen, die sie vom Kloster für die Lieferungen erhalten würden, waren bitter nötig.

»Tag und Nacht«, sagte Dietrich und schob das Holz unter den letzten Laib Brot, »Tag und Nacht werden wir uns plagen müssen, damit wir es schaffen. Wie das gehen soll, das soll mir mal einer sagen.«

Ja, sie würden schuften müssen wie die Ochsen. Und gleich am nächsten Morgen würde Lando das erste Mal den Brotkarren bis zum anderen Ende der Stadt ziehen, dorthin, wo sich die Gebäude des St.-Christophorus-Klosters hinter hohe Mauern duckten.

Müde von der durchwachten Nacht lud Lando das Brot auf den Holzkarren. Er bedeckte es mit einem Leintuch, um es vor Fliegen und dem Schmutz der Straßen zu schützen. In einen Mantel gewickelt trat er hinaus in die kühle Morgenluft und machte sich auf den Weg. Doch bevor er die Richtung zum Kloster einschlug, wollte er einen Schlenker hinunter zum Hafen machen. Er würde nur geschwind nachsehen, wie viele Schiffe dort angelegt hatten und aus welchen Ländern sie gekommen waren.

An der Stadtmauer angelangt, wich er Trägern aus, die schwer atmend ein Holzfass schleppten. Lando zog den Brotkarren durch ein Tor auf den Kai und ließ ihn neben Holzfässern stehen. Die Fässer verströmten einen durchdringenden Geruch nach Fisch. Offenbar waren sie gestopft voll mit Heringen aus Schonen, sorgfältig in Salz geschichtet, um sie haltbar zu machen.

»Auf diese Weise werden sie reich und fett, diese feinen Kaufleute und Herren«, hatte sein Vater einst gebrummt. »Die müssen nicht schuften und schwitzen wie unsereiner. Zu Spottpreisen lassen sie die Heringsschwärme einfangen und einsalzen und dann vertreiben sie das Zeug zu Wucherpreisen sonst wohin. Fische aus dem Norden, Gewürze aus dem Süden. So muss man das machen, wenn man zu einem prallen Geldbeutel und einem prächtigen Haus mit Wetterfähnchen kommen will.« Doch wer Bäcker war, blieb auch Bäcker und wurde niemals ein reicher Pfeffersack, so viel hatte Lando begriffen.

Eine Möwe stürzte sich kreischend auf den Brotkarren und riss das Leinen zur Seite. Zwei andere Möwen kamen, um die Gunst der Stunde zu nutzen und Brote zu ergattern. Lando schlug wild um sich. Flügelspitzen streiften seine Wangen. Die Vögel stießen schrille Schreie aus und erhoben sich in die Luft. Sie umkreisten ihn in sicherer Höhe, nicht bereit, vorschnell aufzugeben.

Lando spuckte aus.

»Elende Teufelsbrut!«, fauchte er.

Männer lachten. Es war eine Handvoll Schiffsleute, die sich zehn Schritt von ihm entfernt auf Holzstapeln niedergelassen hatten und sich über einem Feuerchen ihr Mahl kochten.

»Ein dreistes Völkchen, nicht wahr?«, rief einer mit langem Bart. »Die fressen einem glatt noch die Haare vom Kopf.«

Lando nickte und sah misstrauisch zu den grauweißen Vögeln mit ihren gebogenen Schnäbeln hoch. Sie setzten sich auf den Dachfirst einer hölzernen Wippe, doch ließen sie das Brot nicht aus ihren winzigen Augen.

Landos Blick wanderte zu den Koggen und den viel kleineren Schniggen und Schuten, die vertäut an schwimmenden Prähmen lagen. Bedächtig dümpelten sie auf dem trüben Wasser. Sachte schlugen die Taue. Träger luden in Leinen geschlagene Stoffballen von einer Kogge und stapelten sie neben Salzfässern, die auf ihre

Verladung warteten. Lando mochte die Geräusche des Hafens, das leise Plätschern der Wellen gegen Schiffsrümpfe, das Streiten und Feilschen der Kaufleute an der Niederwaage und das Flattern der rot-weiß gestreiften Segel im Wind.

Lando seufzte. Er musste sich nun von dem Treiben im Hafen losreißen und auf den Weg zum Kloster begeben. Die Pfaffen erwarteten ihn. Gerade wollte er nach der Deichsel greifen, als er zusammenfuhr. Dort stand, schwer an die Stadtmauer gelehnt, sein Vater, die Haare zerzaust, der Mantel zerknittert. Lando kletterte hastig auf den Karren und schlüpfte unter das Leintuch. Hier wollte er ihm lieber nicht begegnen. Die Brote gaben weich unter ihm nach. Er zog das Tuch zurecht, bis es ihn ganz verbarg, und lugte darunter hervor zur Stadtmauer hin. Der Meister starrte in die Ferne. Sein Mund formte lallende Worte.

In der Nacht, als sie in der Backstube geschuftet hatten, war sein Vater nach dem ersten Schwung Brote, der aus dem Ofen gekommen war, aus der Backstube gestürmt. Er hatte etwas von grässlicher Hitze und trockener Kehle geknurrt und die Türe hinter sich zugeschlagen. Dietrich und Lando hatten sich angesehen, mit den Schultern gezuckt und schweigend weitergearbeitet. Was war ihnen auch anderes übrig geblieben? Und nun lehnte der Bäckermeister nach durchzechter Nacht hier an der Stadtmauer und presste seine Hände gegen die Schläfen. Endlich ließ er seine Arme sinken, stieß sich von der Mauer ab und wankte durch das Tor zurück in die Stadt. Lando wartete noch ein paar Atemzüge lang. Er spürte mit Unbehagen, wie tief er auf dem Karren eingesunken war. Die Brote mussten schon so platt wie Flundern sein. Lando sprang vom Karren, zog eines hervor und drückte an ihm herum. Er musste sich etwas einfallen lassen, eine Geschichte, die erklärte, warum die Brote an diesem Tag platt und zerdrückt waren. Mit einem Seufzer warf er das flache Brot zu den anderen und zerrte den Karren durch das Tor, fort vom Hafen und den Koggen. Er überquerte die Straße An der Waage und bog in die Mengestraten ein. Sie führte leicht bergan durch das Viertel der Kaufleute bis hoch zur Sankt-Marien-Kirche. Lando eilte an prächtigen Eingangsportalen und bunten Bleiglasfenstern vorbei, ohne ihnen auch nur einen Blick zu schenken. Als er die Buden der Bäcker erreichte, sah er makellose Brote, die dort lauthals feilgeboten wurden. Es schien ihm, als seien sie heute besonders wohlgeformt, um seine Brote noch erbärmlicher aussehen zu lassen. Verlegen zog er das Leintuch fester über die verdorbene Ware. Als er endlich die St. Christophorusstrate erreichte und an deren Ende schon die Mauer des Klosters erkennen konnte, wurden ihm die Knie weich. Was sollte er den Pfaffen erzählen?

Er atmete tief durch und klopfte an das hohe Tor. Eine Klappe schwang auf und eine Hakennase schob sich durch die kleine, rechteckige Öffnung. Lando blickte in gewaltige Nasenlöcher.

»Was ist Euer Begehr?«, fragte der Pförtner. Seine bernsteinfarbenen Augen blickten nach links, dann nach rechts. Endlich schaute der Pförtner nach unten und sein Blick traf auf Landos. Der Mönch grunzte und zog seinen Kopf ruckartig zurück. Die Klappe schlug zu und einen Augenblick später öffnete sich das Tor. Der baumlange Mann stierte stur geradeaus, als Lando mit seinem Karren den Tordurchgang passierte.

»Reichlich spät kommt das Brot«, brummte er und schlug das Tor hinter ihm zu. »Ihr jungen Bengel kennt weder Anstand noch Pünktlichkeit. Die schlechten Gepflogenheiten sollten euch Taugenichtsen aus dem Leib gedroschen werden.«

»Elender Hundsfott!«, murmelte Lando und beeilte sich, von dem Übellaunigen fortzukommen.

»Na warte!«, rief der ihm hinterher. »Glaube nur nicht, dass ich das nicht hörte. Das vergesse ich dir nicht.«

Lando spuckte aus und folgte einem Weg, der zwischen Kräuterbeeten zu einem kleinen, aus Backstein gemauerten Gebäude führte. Er musste jemanden finden, den er fragen konnte, wo sich die Küche des Klosters befand. Als er das Backsteinhaus erreichte, verriet ihm schon der durchdringende Geruch, dass es sich um einen Abtritt handeln musste. Eine Kehrtwende nach links schleuderte eines der Brote vom Karren. Als Lando sich danach bückte, fiel vor ihm ein Schatten auf den Weg. Erschrocken schoss er hoch.

»Was soll das denn sein?«, fragte ein Novize.

Lando erkannte in ihm den Kerl, der ihn auf dem Bäckermarkt fast an den Pranger gebracht hätte.

»Bist du auf dem Brot herumgetrampelt, nachdem es aus dem Ofen gekommen ist? Oder hast du es dieses Mal mit so viel Kreide vermischt, dass es vor Scham zusammengefallen ist?«

Wie überheblich seine Stimme klang. Und dieses hämische Grinsen hätte Lando ihm am liebsten aus dem Gesicht geschlagen, doch war es nicht schwer, sich vorzustellen, was mit Lando geschah, sollte er diesem Kerl auch nur ein Härchen krümmen. Ein Blick über seine Schulter bestätigte ihm, dass der Pförtner ihn beobachtete. Eine falsche Handbewegung, ein leichter Schlag oder Stoß würde reichen, und sie hätten den Auftrag, das Kloster zu beliefern, verloren. Totschlagen würde sein Vater ihn. Zähneknirschend bückte Lando sich nach dem Brotlaib. Es war ihm zuwider, vor dem Novizen den Rücken zu krümmen. Er warf das Brot mit Wucht in den Karren und zischte durch die Zähne: »Wo ist die Küche?«

»Dort«, sagte der Novize, grinste und zeigte auf einen Gebäudekomplex neben dem Kräutergarten. »Ich glaube, ich werde heute fasten. Dies wird mir wohl besser bekommen als ...« Er verstummte und blickte mit rollenden Augen auf den Brotkarren. Dann wandte er sich um und schlenderte pfeifend davon.

Lando malte sich aus, was er dem Hochmütigen alles an den Hals wünschte: die Pest, die Krätze und das lodernde Antoniusfeuer. Hände und Füße sollten ihm abfallen. Mehr noch gönnte er ihm einen Sturz kopfüber in die Kloake des Abtritts, auf dass er dort jämmerlich ersaufen würde.

Nun fühlte Lando sich besser und mit großen Schritten ging er auf die Klosterküche zu. Doch lästig wie eine Schmeißfliege begann sich in ihm das schlechte Gewissen zu regen. Ihm gingen Worte durch den Kopf, die seine Mutter gebetsmühlenartig an ihn gerichtet hatte: »Du wirst im ewigen Höllenfeuer schmoren, Lando, wenn du das Fluchen nicht sein lässt. Du versündigst dich. Lass davon ab, mein Sohn.« Sie hatte sich immer große Sorgen um sein Seelenheil gemacht. Jetzt, wo sie tot war, kümmerte es keinen Menschen mehr, wohin sein Weg nach seinem Tode führen würde.

Als Lando bei dem Backsteingebäude angekommen war, stemmte er sich rückwärts gegen die Eichentür. Sie öffnete sich knarrend und er zerrte den Brotkarren hinter sich her. Nebelhafte, feuchte Luft schlug ihm entgegen.

»Gott zum Gruß!«, rief Lando und drehte sich herum. Als hätte ihm jemand eine schallende Ohrfeige verpasst, prallte er zurück. Ein riesiger, ovaler Holzbottich stand in der Mitte des Raumes und darinnen, er traute seinen Augen nicht, hockten im Wasser drei Mönche und zwei Frauen. In einem von den Männern erkannte er den Dicken vom Markt. Hinter ihm stand eine halb bekleidete Frau, die ihm wohl gerade den Rücken geschrubbt hatte, denn sie hielt eine Wurzelbürste in der Hand. Ein lose gebundener Zopf fiel ihr über die nackte Schulter. Sie starrten ihn an.

Mönche und Frauen, gemeinsam im Wasser, das war Sünde. In den Badehäusern der Stadt war es wohl üblich, dass Männer und Frauen zusammen nackt in die riesenhaften Bottiche stiegen. Kein Mensch scherte sich darum, allein Pfaffen wetterten dagegen. Doch hier waren es Mönche. Das war ein schweres Vergehen, so viel wusste sogar Lando.

Wasser klatschte auf Steinfliesen, als einer der Männer

hochschnellte und sich aus dem Bottich schwang. Er stürzte auf Lando zu und brüllte: »Hinaus! Hinaus mit dir!«

Endlich löste Lando sich aus der Erstarrung. Hektisch schob er den Karren zurück ins Freie, stolperte hinterdrein und riss die Türe zu. Ein Schmerzensschrei war zu hören, gleich darauf das wütende Krachen des Türriegels.

»Nichts wie fort von hier«, murmelte Lando. Im Laufschritt zog er den Karren hinter sich her. Er fühlte sich hundsmiserabel. So schnell wie möglich wollte er das Brot in der Klosterküche abgeben und dann nur noch hinaus aus dem verdorbenen Kloster. Er strebte auf das nächste Gebäude zu. Jetzt begriff er, warum hier das strafende Antoniusfeuer wütete: Das St.-Christophorus-Kloster war ein Sündenpfuhl, nicht besser als das verrufenste Badehaus der Stadt.

Dieser verfluchte Novize. Bestimmt hatte er verborgen hinter einer Mauer gestanden und sich vor Lachen gekrümmt. Für diese Schandtat würde Lando sich rächen.

Wieder stand er vor einer Eichentüre, doch dieses Mal klopfte er sachte an, denn wer konnte wissen, was sich hinter ihr verbarg? Hier war wahrhaftig alles möglich. Eine Hand legte sich auf seine Schulter. Lando fuhr herum und blickte in Bruder Davids Gesicht.

»Da bist du ja«, sagte er und lächelte. »In der Küche glaubt schon keiner mehr an dein Erscheinen.«

»Verzeiht, doch ich irre schon lange hier herum und finde das rechte Gebäude nicht.«

»So?«, sagte der Mönch und zog die Augenbrauen

hoch. »Und keiner konnte dir den Weg weisen? Auch nicht der Bruder Pförtner?«

»Ihn hatte ich nicht gefragt«, antwortete Lando verlegen.

»So will ich dich führen«, bot Bruder David an. »Dies ist jedenfalls die Schule für unsere Novizen und nicht die Küche. Komm.«

Er schritt weit aus. Lando wendete den Karren und folgte ihm.

»Wo wir gerade von Novizen sprachen«, sagte Bruder David und wandte sich Lando zu, »ich bin gerade auf der Suche nach meinem Schüler Elias. Hast du ihn gesehen?«

»Elias?«, wiederholte Lando atemlos. Er hatte alle Mühe, mit Bruder David Schritt zu halten.

»Ja, Elias. Der Novize, der mit uns auf dem Bäckermarkt war«, erklärte der Mönch. »Du erinnerst dich an ihn?«

»Ach, dieser«, grummelte Lando. »Ich habe ihn gesehen. Vor den Latrinen.«

»Ah, verstehe«, sagte Bruder David. »Nun, ich werde später nach ihm suchen. Weißt du, Lando, er beherrscht die Kunst, sich unsichtbar zu machen. Ich bin sein Lehrmönch und er müsste ständig in meiner Begleitung sein, doch immer wieder entwischt er mir. Leider wird er dieses Mal um eine Bestrafung nicht herumkommen. Bedauerlich. Aber dieses soll dich nicht bekümmern. Folge mir hier hinein.« Er hielt eine Tür auf und Lando zog den Karren über eine Steinschwelle.

Bruder David führte ihn in einen Raum am Ende eines langen Ganges. In dessen Mitte befand sich ein großer

Arbeitstisch, auf dem irdene Schüsseln und Krüge standen. Das Feuer in den Öfen verbreitete eine angenehme Wärme. Auf zwei Spießen über dem Herdfeuer, die von einem klein gewachsenen Mönch gedreht wurden, brieten Hühner. Ein anderer Mönch stand an dem Arbeitstisch und zerhackte Möhren zu dünnen Scheiben. Ohne seine Arbeit zu unterbrechen, blickte er auf.

»Ist er endlich da?«

»Ja, Bruder Nathan, er ist«, antwortete Bruder David gut gelaunt.

»Füll die Brote in die Körbe dort unter dem Fenster!«, bellte Bruder Nathan. »Und morgen bist du früher hier. Es gibt schließlich genug Backhäuser in der Stadt. Auf das eure sind wir, Gott sei gepriesen, nicht angewiesen.«

»Nimm nicht leichtfertig den Namen des Herrn in den Mund«, wies Bruder David ihn zurecht. »Und von dir verabschiede ich mich nun, Lando. Ich muss den flüchtigen Novizen suchen.« Er lächelte, gab ihm einen Klaps auf die Schulter und verließ die Küche.

Lando schob seinen Karren zu den Körben, zog das Leintuch hinunter und begann, die Brote in die Körbe zu werfen. Er hoffte, die Mönche würden nicht bemerken, wie zerdrückt sie waren. Die besten wollte er zuletzt obenauf legen, so würde sein Missgeschick nicht gleich ins Auge fallen.

»Was ist das?«, polterte Bruder Nathan. Er zeigte mit der Spitze seines Messers auf den erbärmlichen Inhalt des Karrens. »Sollen das Brotlaibe sein? Für mich sehen die aus wie Kuhfladen.«

Der Mönch an den Fleischspießen kicherte wild.

»Kuhfladen«, wiederholte er. »Heute gibt es Kuhfladen zur Suppe.«

»Sei still!«, brüllte Bruder Nathan und hieb das Messer in den Tisch. Zitternd blieb es stecken. »Nun sag mir, du Grünschnabel, warum das Brot aussieht wie Kuhscheiße!«

Wieder fing der kleine Mönch an zu kichern. Ein zorniger Blick seines Mitbruders brachte ihn endlich zum Schweigen.

»Und du«, wandte sich Bruder Nathan an Lando, »du bringst mir morgen gefälligst rundes Brot, verstanden?« Er grunzte, zog sein Messer aus der Tischplatte und fuhr fort, Möhren zu zerhacken.

»Und?«, fragte Meister van Ehlen, als Lando die Diele betrat und die schlammverschmierten Stiefel abstreifte. »Waren die Herren Pfaffen zufrieden mit dem Brot?« Er saß auf einem Stuhl und hatte die Füße auf dem Arbeitstisch abgelegt. Seine Hände umschlossen einen Krug Bier.

»Ja, außerordentlich sogar«, behauptete Lando. »Sie wollten unbedingt wissen, wie es zu dieser schönen Form und Farbe gekommen ist.«

»Du hast ihnen doch nicht …« Meister van Ehlens Blick wanderte zu der verschlossenen Truhe, in der das Fässchen mit der Kreide verborgen war.

»Natürlich nicht!«, rief Lando. »Ich bin doch kein Dummkopf.«

»Reichlich spät kommst du.« Sein Vater nahm einen kräftigen Schluck Bier. Mit dem Hemdsärmel wischte er sich unter schwerem Atmen das Kinn ab. »Setz den Brei auf! Ich habe Hunger.«

Lando griff nach einem Grapen und füllte ihn mit Haferschrot. »Wo ist Dietrich?«, fragte er.

»Zur Knochenmühle gewandert«, antwortete der Bäckermeister knapp.

»Zur Knochenmühle?«, wiederholte Lando und wandte sich verdutzt zu ihm um. »Was um Himmels willen hat er dort verloren?«

»Was wohl?«, brummte sein Vater. »Einen Sack Knochenmehl soll er holen.«

»Knochenmehl?« Lando sah ihn fassungslos an. »Du willst Knochenmehl unter den Brotteig mischen?«

»Warum auch nicht?«, schnaubte Meister van Ehlen und knallte seinen Krug auf die Tischplatte. »Jetzt, wo die Pfaffen diese Unmengen von Brot verlangen, schrumpft der Kreidevorrat dahin. Knochenmehl ist gut zu bekommen. Das Brot wird hervorragend schmecken, denn Knochenmehl ist nicht so stumpf wie Kreide und nahrhafter außerdem.«

Lando schauderte. Er dachte an die stinkenden, bleichen Knochen der Rinder und Schweine, die von den Knochenhauern zur Mühle nördlich der Stadt geliefert wurden. Krachend und splitternd wurden sie zwischen den Mahlsteinen zermalmt, so lange, bis sie zu weißem Mehl geworden waren.

Er jedenfalls würde das Brot nicht mehr essen. Lieber wollte er an dem ewigen klebrigen Haferbrei zugrunde gehen!

7

Zwischen den Betten der Novizen, die drei Armlängen voneinander abgerückt waren, brannten Kerzen. Bruder Balthasar, der Nachtwache hielt, damit die angehenden Mönche nicht auf törichte Gedanken oder sogar Taten verfielen, war auf seinem Stuhl eingenickt und schnarchte. Auf diese Gelegenheit hatte Elias gewartet. Er zog die Schriften von Meister Eckhart unter seiner Decke hervor und hoffte, das leise Rascheln beim Umblättern würde Bruder Balthasar nicht aus den Träumen reißen. Er ging sie durch und suchte nach den Worten, die vom edlen Menschen und dem Seelengrund handelten, als ein Lichtschein die Wände entlangtanzte. Elias hatte niemanden kommen hören. War Bruder Balthasar doch noch erwacht?

Der Schrecken fuhr ihm in die Glieder, als er sah, wer dort neben dem schlafenden Mönch stand. Es war Bruder Thomas. Das flackernde Licht einer Öllampe, die er in den Händen hielt, beleuchtete sein hageres Gesicht.

Der Novize schob das Buch zurück unter die Decke und ließ dabei ein Husten hören, um das verräterische Geräusch zu übertönen. Er rückte sich zurecht, hustete ein weiteres Mal und tat, als würde er sich im Schlafe von einer auf die andere Seite drehen. Elias hörte das Knarren der Dielen. Bruder Thomas schien die Reihe der Schlafenden abzuschreiten. Die Schritte näherten sich. Dann wurde es still. Elias meinte, den Atem des Pförtners über sich zu spüren. Der Novize schluckte und versuchte, tief und regelmäßig Luft zu holen, versuchte, die Augenlider nicht zucken zu lassen, versuchte, sich nicht zu rühren, damit das Buch unter seinem Bauch nicht entdeckt würde.

Endlich setzten die Schritte wieder ein. Elias blinzelte zwischen den Augenlidern hindurch und beobachtete, wie der Mönch auch bei den anderen Novizen den Lichtschein der Öllampe über die Gesichter wandern ließ. Hatte er Elias gesucht und nicht erkannt?

Elias' Gedanken wurden von unwirschen Worten des Pförtners unterbrochen: »Du bist hier nicht zum Schlummern, Bruder Balthasar. Wachen sollst du und diese unwürdigen Taugenichtse im Blick behalten, merk dir das!« Bruder Balthasar war vom Stuhl gesprungen, als hätte man ihn mit kaltem Wasser überschüttet, und rieb sich den Nacken. Bevor er ein Wort herausbrachte, war Bruder Thomas aus dem Saal marschiert. Die Tür fiel krachend ins Schloss, sodass auch der letzte Novize aus dem Schlaf schreckte.

Lando wälzte sich von einer auf die andere Seite. Mit Knochenmehl gefüllte Säcke, unbekleidete Mönche und Brote, platt wie Flundern, zogen sich quälend durch seine Träume. Dietrich schnarchte ihm ins Ohr und immer wieder musste er dessen lange Beine zurückschieben, die sich in regelmäßigen Abständen quer über die seinen legten.

Von unten hörte er das Schlagen der Tür. Sein Vater war endlich von seinem allnächtlichen Schenkenbesuch heimgekehrt. Lando kletterte aus dem Bett, legte sich flach auf den Holzboden und spähte durch ein Astloch nach unten. Dort in der Diele schien nur ein schwaches Licht, das von der verglimmenden Glut der Herdstelle stammte. Ein Poltern erklang, gleich darauf Fluchen. Bestimmt hatte der Meister mal wieder zu viel Gewürzbier in seine Kehle gekippt.

Jetzt wurde es in der Diele gerade so hell, dass Lando den Arbeitstisch und die Holzbänke erkennen konnte. Meister van Ehlen trat in Landos Blickfeld und steckte einen brennenden Kienspan in den irdenen Halter auf dem Arbeitstisch. Er kramte etwas aus seinem Lederbeutel hervor und nahm ein Werkzeug in die Hand. Ein schabendes Geräusch entstand.

Was tat er dort? Und warum mitten in der Nacht?

Die Neugierde bewog Lando auszuharren. Nach einer Weile begann er zu frieren. Zu lange schon lag er bäuchlings auf den Fußbodendielen und starrte nach unten. Er gähnte und rappelte sich auf, um zurück unter die Decke zu kriechen, als ein Poltern ihn zusammenfahren ließ. Lando ließ sich auf die Knie nieder und spähte wieder durch das Loch. Sein Vater war verschwunden und der kleine Gegenstand, den er bearbeitet hatte, lag im Licht des Kienspans auf der Tischplatte. Da erkannte er, woran sich der Bäckermeister zu nachtschlafender Zeit zu schaffen gemacht hatte: an einem Würfel, einem gewöhnlichen Spielwürfel aus Knochen, von denen sein Vater vier oder fünf Stück besaß.

Die Erkenntnis traf Lando wie ein Donnerschlag. Er hatte den Würfel gezinkt. Eines der Augen hatte er vermutlich aufgebohrt, mit flüssigem Blei verfüllt und den

Betrug mit schwarzer Farbe vertuscht. So würde, sooft man den Würfel warf, die Seite mit den sechs Augen oben liegen.

Lando setzte sich auf. Diesen Würfel musste er haben. Mit ihm würde er von Schenke zu Schenke ziehen und alle Münzen setzen, die er besaß. Nicht gerade viele konnte er sein Eigen nennen, nur ein paar Pfennige, die ihm seine Mutter dann und wann auf dem Bäckermarkt zugesteckt hatte. »Das ist dafür, dass du mir stets so gut zur Hand gehst«, hatte sie zu ihm gesagt. »Erzähl nur Johan nicht davon.« Nun war der Zeitpunkt gekommen, die Münzen in Reichtum zu verwandeln. Dann würde er all die gewonnenen Münzen auf den Tisch schütten und sein Vater würde erst das Geld und dann ihn mit Erstaunen ansehen. Lando würde ihm leichthin erzählen, wie er in der Schenke alle hinters Licht geführt hatte, wie er jedes Spiel gewonnen und all diese Münzen eingestrichen hatte. Und Meister van Ehlen würde auf Landos Schulter klopfen und ihm sagen, wie stolz er auf ihn, seinen jüngsten Spross, sei.

Lando beugte sich hinab und beobachtete durch das Astloch, wie Meister van Ehlen, der zurück an den Tisch gekommen war, den Würfel von der Arbeitsplatte nahm und ihn vor der Flamme des Kienspans drehte und wendete. Dann wog er ihn in seiner hohlen Hand, als wollte er sein Gewicht abschätzen. Schließlich löschte er das Licht und tauchte in die Dunkelheit.

8

Als die Nachtschwärze in den Ecken steckte, stahl Lando sich davon. Ein eisiger Wind wehte durch die Gassen und er wickelte sich noch fester in seinen Mantel.

»Wie wäre es mit einem Spiel«, brummte er mit tiefer Stimme. »Ein Würfelspiel gefällig?« Er hatte sich das Kinn mit etwas Ruß geschwärzt und hoffte, die anderen würden es für Bartflaum halten. Die Kapuze würde er in der Schenke nicht abnehmen, damit ein Schatten sein Gesicht verbarg. Keiner würde ihn für voll nehmen, wenn sie erst merkten, wie jung er war.

Es war nicht schwierig gewesen, die Würfel zu finden. Johan van Ehlen hatte sie in seiner Kleidertruhe verwahrt, wo er sie zwischen Leinen und Wollstoff geschoben hatte.

Lando schlug einen weiten Bogen um das Amtshaus der Bäcker, wo sein Vater in diesem Augenblick mit den anderen Meistern hockte, Reden schwang und Bierkrüge stemmte, und schlug die Richtung zu den Hafenschenken ein. In ihnen tobte das Leben am wildesten. Seeleute, Türmer, Bader und Hundeschinder trieben sich hier herum und kehrten sich einen feuchten Dreck um die unzähligen Verordnungen des Rates. Am Wachturm, der als dunkler Schatten die Stadtmauer überragte, hörte Lando schon das Lärmen, Lachen und Singen aus den Gasthäusern schallen. Hier musste er besonders achtgeben, wohin er seine Füße setzte, denn die verschlammte Straße war übersät mit Hundedreck und anderen Hinterlassenschaften. Es stank nach verdorbenem Fisch und Erbrochenem. Streunende Hunde liefen ihm über den Weg, und in dem Unrat, der in allen Winkeln lag, huschten Ratten umher.

An der Schenke »Zum Singenden Schwan« eilte er vorbei, denn hier, so hieß es, verkehrten Henkersknechte, Totengräber und anderes Gesindel. Durch die geölten Leinwände in den Fensterrahmen des Wirtshauses »Zum Güldenen Fass« schimmerte gelbes Licht. Flötenspiel lockte, Gesang und Gelächter. Lando tastete nach den Würfeln in seinem Beutel, fingerte sie heraus und umschloss sie mit seiner Faust. Nun wurde es ernst. Er würde in diese Schankstube treten, den Männern ein Würfelspiel anbieten und mit einer ganzen Handvoll Münzen davonziehen. Dies sollte der glücklichste Tag seines Lebens werden.

Er trampelte sich den Schlamm der Straße von den Stiefeln und zog die Kapuze tief in seine Stirn. Für die Länge eines Atemzuges schloss er die Augen und schickte ein Stoßgebet zur Heiligen Jungfrau Maria, dann stemmte er die Tür auf. Warmer Bierdunst schlug ihm entgegen. Die Wirtsstube war brechend voll und auf den Eichentischen blakten Öllampen, die schummriges Licht verbreiteten.

»Gott zum Gruß«, murmelte er mit verstellter Stimme, doch das hätte er sich sparen können. Es war so laut, dass man sein eigenes Wort nicht verstand und niemand sich nach ihm umdrehte.

Am offenen Herd stand der Wirt, über dessen Bauch sich eine speckig glänzende Lederschürze spannte. Er rührte in einem Suppenkessel, der über dem Feuer hing. Lando trat auf ihn zu. Er räusperte sich und sprach mit tiefer Stimme: »Gott zum Gruß, Herr Wirt. Ich bitt um einen Krug Bier!«

Statt den Gruß zu erwidern, deutete der Wirt mit einer wedelnden Handbewegung in den hinteren Teil des Raumes. Dort stand hinter einem langen Tisch eine Schankmagd und zapfte Bier. Dunkle Haarsträhnen schauten unter ihrem Kopftuch hervor und umrahmten ihr hübsches Gesicht, in dessen Mitte eine Stupsnase saß. Lando wusste nicht, wie ihm geschah. Die Knie wurden ihm weich wie Grütze, sein Gesicht erglühte und die Füße wollten sich nicht mehr in Bewegung setzen. Er musste sie anstarren und ihre Schönheit in sich hineinsaugen. Alles andere versank in bedeutungslosem Nebel.

Da traf ihn ein derber Schlag auf den Hinterkopf.

»Schaut mal den hier«, spottete ein schwarzhaariger Mann und riss Lando die Kapuze hinunter. »Gafft unsere schöne Immeke an und lässt den Mund offen stehen, dass ihm die Spucke heraustropft.«

Die Schankstube bebte vor Lachen. Ein anderer Mann sprang auf eine Holzbank und schrie: »Solange es nur Spucke ist, die aus ihm heraustropft …« Der Rest seiner Worte ging in brüllendem Gelächter und höhnenden Worten unter. Manche machten anzügliche Gesten und lösten damit wildes Gekicher aus.

Widerliches, verdorbenes, versoffenes Volk! So rasch wie möglich wollte Lando diese Schenke verlassen. Er fuhr herum und huschte zur Tür. Bis auf die Knochen hatte er sich blamiert, und so wagte er nicht, dem schönen Mädchen einen letzten Blick zuzuwerfen. Er stieß die Tür auf und wollte gerade ins Freie flüchten, als jemand den Zipfel seines Mantels packte. So fest Lando auch zog, es gelang ihm nicht, sich zu befreien und auf die rettende Straße zu springen. Einer der Würfel fiel ihm aus der Hand und landete neben einem dunkelbraunen Stiefel aus Leder. Ehe Lando nach ihm greifen konnte, drehte sich der Stiefel auf dem Hacken und verbarg den Würfel unter der Sohle.

»Wohin so eilig, Kleiner?«, fragte der Schwarzhaarige, zu dem der Stiefel gehörte, und riss Lando an seinem Mantel nah an sich heran. Ein abstoßender Geruch nach verwestem Fleisch stieg in Landos Nase. Mit einem Grinsen griff der Schwarzhaarige nach seinem rechten Ohr, bog es nach vorne und verkündete lauthals: »Der Knilch hier ist ja noch gar nicht trocken hinter den Ohren.« Wieder erntete er Gelächter, doch klang es schon schwächer. Die meisten Gäste hatten sich längst anderen Dingen zugewandt.

Der Mann bückte sich und holte den Würfel unter seinem Stiefel hervor. Er hielt ihn zwischen Zeigefinger und Daumen und betrachtete ihn prüfend. Ein schiefes Lächeln verzog sein Gesicht. Er packte Lando am Arm und zog ihn mit sich zu einem der Tische. Zwei Kerle saßen dort, wahrscheinlich seine Kumpane, und betrachteten Lando mit unverhohlener Neugierde. Der Schwarzhaarige drückte ihn auf einen der Hocker und sagte: »Warte, Kleiner, ich hol dir auf den Schreck einen Krug starkes Bier.«

»Bin nicht klein«, fauchte Lando und sprang auf.

»Bleib!«, sagte der Mann und drückte Lando zurück auf die Sitzfläche, dann verschwand er Richtung Bierfass. Landos Blick folgte ihm, bis der Schwarzhaarige vor der schönen Immeke stand und ihr etwas ins Ohr flüsterte. Er wies in Landos Richtung und es traf ihn wie ein Keulenschlag. Sie lächelte ihn an. Fast unmerklich hob sie die Hand zum Gruß. Lando nickte kurz und senkte den Kopf. Vermutlich hatte sein Gesicht die Farbe wilder Kirschen angenommen, denn seine Wangen brannten.

»Bist du Köhlergehilfe?«, fragte ihn einer der Tischnachbarn. Es war ein knochiger Mann, dem strähnige Haare über die Stirn fielen.

»Wie kommst du darauf?«, fragte Lando ihn verwundert.

»Na, wegen des Kohlenrußes an deinem Kinn. Hast dich nach der Arbeit nicht gewaschen, was? Kommst wohl vom Land und wolltest dir einen lustigen Abend in der Stadt machen, wie?«

»Du hast es erraten.« Lando nickte und fügte flüsternd hinzu: »Aber erzähle es keinem. Ich bin dem alten Köhler im Wald nämlich davongelaufen.«

Der Knochige kicherte heiser. »Du gefällst mir, Kleiner. Gott zum Gruße und sei willkommen in unserm Kreis. Mein Name ist Johan van Hamme. Wir sind Knochenhauergesellen.«

»Und ich bin Hans Vrille«, sagte der Schwarzhaarige und stellte ihm einen Krug Bier vor die Nase.

»Hab Dank.« Lando überlegte fieberhaft, wie er sich nennen könnte. Bestimmt war es besser, wenn sie seinen wahren Namen nicht kannten. Hans Vrille ließ sich ächzend auf einen Hocker nieder und griff nach seinem eigenen Krug.

»Willst du dich nicht vorstellen?« Er stieß dem anderen Kumpan grob in die Seite. Der war ein stämmiger Kerl mit Halbglatze, einer breiten Nase und winzigen Augen.

»Olrik Oldestat«, brummte dieser, ohne aufzublicken.

»Und wie lautet dein Name, du Milchgesicht?« Hans Vrille sah Lando durchdringend an.

»Bin verdammt nochmal kein Milchgesicht«, knurrte Lando und schlug die Faust auf den Eichentisch, sodass die Bierkrüge wackelten.

»Hoho. Immer mit der Ruhe, Kleiner«, rief Hans Vrille munter. »Sag uns, wie du heißt. Dann müssen wir dich auch nicht Kleiner nennen.«

Lando streckte seinen Rücken, um etwas größer zu wirken, und stürzte einen Schluck des bitteren Bieres hinunter. Er wischte sich das Kinn mit dem Ärmel seines Mantels und grübelte nach einem Namen. Er würde einfach den des Bernsteindrehers nehmen. Als er den Krug absetzte, verkündete er: »Landolf van dem Berghe.«

»So, so, Landolf van dem Berghe«, wiederholte Hans Vrille und kratzte sich das Kinn. »Wie ist es, Landolf van dem Berghe, ein Würfelspiel gefällig? Dafür bist du doch hergekommen, nicht wahr?« Er hielt Lando seinen eigenen Würfel vor die Nase und grinste.

Lando war mulmig zumute, als er mit Hans Vrille um die höchste Augenzahl würfelte, doch gab es kein Zurück. Die Hälfte seiner Münzen lag vor ihm auf dem Tisch. Wenn er zu schnell aufgab, würde er sie verlieren.

Johan van Hamme ritzte elf Kerben in ein Stück Holz. So viele Punkte hatte Hans Vrille erwürfelt.

Als Lando seine Würfel im Holzbecher schüttelte, starrte er auf den Berg kleiner Münzen, der vor Hans Vrille lag. 15 Pfennige. Legte er diese nach dem gewonnenen Spiel zu den seinen, hätte er sein Vermögen bereits beträchtlich vermehrt. Sogleich würde er weiter und von Schenke zu Schenke ziehen, die ganze Nacht, und in den frühen Morgenstunden wäre der Lederbeutel prall gefüllt mit Münzen.

Klackernd rollten die Würfel über den Tisch. Sechs, zwei, sechs. Johan de Hamme ritzte vierzehn Kerben in das zweite Stück Holz. Landos Vorsprung war kaum noch aufzuholen. Dies schien auch Hans Vrille zu merken, denn sein Gesichtsausdruck war grimmig. Er hielt seinen Würfelbecher umklammert und begann zu schütteln. Als er zwei Dreien und eine Fünf würfelte, schlug er mit der Faust so derb auf den Tisch, dass die Münzen anfingen zu tanzen.

»Verflucht, du Hundesohn!«, knurrte er. »Hast wohl einen Pakt mit dem Teufel geschlossen, was?«

»Natürlich nicht.« Lando grinste. »Nur ist mir das Glück in dieser Nacht hold.« Und er würfelte zwei Sechsen und eine Fünf.

Hans Vrille schob ihm widerwillig die Pfennige herüber und Lando griff gierig nach ihnen. Nachdem er sie im Beutel verstaut hatte, stand er auf und wollte sich verabschieden, doch da erhob sich auch Olrik Oldestat, richtete sich zu voller Größe auf und starrte Lando von oben herab an.

»Setz dich«, brummte er. »Das Spiel ist noch nicht zu Ende.«

Lando sank auf den Hocker zurück. Ihm wurde eiskalt.

»Du wirst mir wohl die Möglichkeit geben, mein Geld zurückzugewinnen, nicht wahr, Landolf van dem Berghe?«, sagte Hans Vrille in einem honigsüßen Tonfall, der Lando gar nicht behagte.

»Ich muss weiter.« Lando blickte von links nach rechts. »Vielleicht ein anderes Mal.«

»Für ein kleines Spielchen ist immer Zeit«, sagte Hans Vrille sanft, doch seine Augen glitzerten gefährlich. »Worauf wartest du, Milchgesicht? Würfle!« Das Letztere hatte er gezischt.

Mit zitternden Händen griff Lando nach dem Holzbecher und warf die Würfel hinein. Als er den Becher mit fahrigen Fingern schüttelte, flogen zwei der Würfel im hohen Bogen hinaus und neben den Nachbartisch.

»Pasch!«, rief ein Mann, seiner Kleidung nach ein Fischer, und bückte sich. Er hob die Würfel auf und legte sie vor Lando auf den Tisch. »Zwei Sechsen waren es. Wie jammerschade, dass sie im Dreck gelandet sind.«

»Danke«, murmelte Lando und griff nach ihnen.

»Warte!« Hans Vrille legte seine Hand auf Landos. »Zeig mal her, die Würfel.« Er klaubte sie unter Landos Fingern hervor und ließ sie auf die Fläche seiner linken Hand fallen. Hans Vrille betrachtete die Würfel mit einem so angewiderten Gesichtsausdruck, als läge dort eine zerquetschte Spinne.

»Du wolltest den guten, alten Hans Vrille also betrügen«, sagte er mit einer Stimme, die wie das leise Grollen vor einem Gewittersturm klang. Und wie sich ein Unwetter dann mit Blitz und Donner entlädt, schlug Hans Vrille seine Faust auf den Tisch. Bierkrüge kippten und ergossen ihren schäumenden Inhalt über Johan van Hammes Beinkleider. Hans Vrille sprang auf und zeigte mit dem ausgestreckten Zeigefinger auf Landos Brust. »Dieser Bursche hier wollte mich betrügen!«, brüllte er. Sämtliche Gespräche, das Gelächter und auch die Flötenklänge erstarben. Alle Augenpaare schienen jetzt auf Lando und Hans Vrille gerichtet zu sein.

Lando wusste nicht, wovor er sich mehr fürchtete. Vor dieser lauernden Stille oder dem Wutgebrüll des Knochenhauergesellen Hans Vrille.

»Den Burschen da kenn ich«, rief ein kleiner Mann, der auf einer Bank weiter hinten saß. »Das ist Meister van Ehlens Sohn. Wir bringen immer unser Brot zum Backen in das Haus seines Vaters. Daher kenne ich den kleinen Taugenichts.«

»Van Ehlen?«, wiederholte Hans Vrille und zog die Augenbrauen zusammen. Er stemmte die Fäuste auf die Tischplatte und beugte sich Lando entgegen. »Stimmt das? Bist du der Sohn des Bäckermeisters Johan van Ehlen? Hast du mich etwa angelogen, du Grünschnabel?« Über den Tisch hinweg packte er Lando am Kragen. »Heraus mit der Sprache!« Spucketropfen sprühten. Lando roch bitteren Bieratem.

»Frag ihn lieber, woher er die Würfel hat«, mischte sich eine zornige Stimme ein. Hans Vrille hielt inne und sah sich um. Lando folgte seinem Blick. Ein stämmiger

Mann schob sich an ihren Tisch heran und verschränkte die Arme vor einem gewaltig dicken Bauch.

»Frag ihn mal, Hans«, fauchte er, »ob die Würfel seinem feinen Herrn Vater gehören. Mit dem habe ich schon einige Male gewürfelt und seltsamerweise hat er immer gewonnen. Vier Schillinge habe ich gerade erst vor zwei Tagen an ihn verloren. Ich möchte wetten, dieser Lump von einem Bäcker hat uns alle mit seinen gezinkten Würfeln hinters Licht geführt.« Seine Stimme überschlug sich fast. »Dieser verdammte Mistkerl!«

»Wir könnten zu ihm gehen und ihn fragen«, keifte ein zahnloser Greis.

»Das sollten wir auf der Stelle tun«, knurrte der Dicke und schob seine Hemdsärmel hoch. »Ich bin sehr neugierig, was er uns zu sagen hat.«

»Ja, lasst uns zu diesem Schwindler gehen und ihn zur Rede stellen!«, rief Johan van Hamme. »Ich hätte dann auch noch ein Hühnchen mit ihm zu rupfen.«

Hans Vrille stieß Lando von sich. Der stolperte ein Stück nach hinten und blickte gehetzt nach allen Seiten. Er musste raus hier, weit weg von diesen aufgebrachten Kerlen. Hans Vrille lachte höhnisch. Dann spuckte er vor Lando aus. »Verfluchter Milchbart!«, schnauzte er. »Hast das Betrügen wohl von dem Hundsfott geerbt, der sich dein Vater nennt, was? Lass dich hier nie wieder blicken, sonst ...« Er starrte ihn finster an. »Doch jetzt knöpfen wir uns erst einmal den betrügerischen Bäcker vor. Kommt, Männer!«, rief er in die Runde.

Stühle wurden gerückt, Krüge geleert und Fäuste geschwungen. Olrik Oldestat griff sich den Schürhaken von der Feuerstelle. Lando wurde übel, als er sich ausmalte, was jetzt geschehen würde und was ihm selbst blühte, wenn er heimkam. Dass sie seinem Vater auf die Schliche gekommen waren, war allein seine Schuld. Totschlagen würde er ihn.

Die Schenke hatte sich rasch geleert.

»Komm!«, flüsterte jemand hinter ihm. Lando fuhr herum. Immeke, die Magd, die eben noch Bier gezapft hatte, stand vor ihm und ergriff den Ärmel seines Mantels »Komm endlich, bevor sie es sich anders überlegen.« Sie zog ihn mit sich in eine dunkle Diele. »Du hast noch die Münzen im Beutel, die du Hans Vrille abgeluchst hast. Sobald es ihm einfällt, wird er zurückkommen und sie dir abnehmen. Und wer weiß, ob er dich dann wieder so ungeschoren davonkommen lässt.«

»Wie kann ich dir nur danken«, murmelte Lando.

»Gott schütze dich, du Tor.« Sie schob ihn durch eine offen stehende Hintertür hinaus ins Nachtdunkle.

Die Tür fiel zu und er hörte, wie die Magd den Riegel vorschob.

Immeke lehnte sich rücklings gegen die Lehmwand. Die Schankstube war leer bis auf einen Greis. Der hockte mit wackelndem Kopf und zitternden Händen auf einer Bank und war taub wie eine Wegschnecke. Vermutlich fragte er sich gerade, wohin all die anderen so eilig aufgebrochen waren. Selbst der Wirt hatte sich davongemacht, und dem sonst so Geizigen war auf diese Weise bestimmt die eine oder andere Zeche entgangen.

Immeke stieß sich von der Wand ab und begann

Ordnung zu schaffen. Stühle waren umgekippt, abgenagte Knochen lagen herum und Bierlachen standen auf Tischplatten und Holzdielen. Ob es dem Burschen gelingen würde, Hans Vrille und seinen Kumpanen zu entkommen? Sie hoffte es, wenngleich er sich wie ein Schafskopf benommen hatte. Wie hatte er nur glauben können, einen Kerl wie Hans Vrille beim Würfelspiel übers Ohr hauen zu können? Selbst wenn es ihm gelungen wäre, niemals wäre er mitsamt den Münzen lebend über die Türschwelle gelangt. Den Schädel hätte Hans Vrille ihm eingeschlagen und den Bütteln diesen Mord als Unglücksfall verhökert, zu viel Bier im jungen Blut und eine Tischecke im Weg, beklagenswert, doch dergleichen kam vor.

Immeke hob einen umgestürzten Hocker auf und schob ihn unter den Tisch. Entweder war der Bursche verwegen oder dumm oder beides zugleich. Sie zuckte mit einer Schulter. Es spielte keine Rolle. Sie würde ihn niemals wiedersehen. Sie sammelte Bierkrüge ein, trug sie in die Küche und spülte sie ab. Als sie begann, die Tische abzuwischen, schwang die Tür auf und Hans Vrille stürzte in den Schankraum. Immeke zog die Schultern hoch und schrubbte an einem unsichtbaren Fleck herum.

»Wo ist der Bäckersohn, Schankmagd?«, knurrte er. »Er hat noch meine Münzen, dieser Schweinelump!«

»Woher soll ich das wissen?«, murmelte Immeke. »Ist er nicht gerade mit dir und der Meute zur Tür hinaus?«

»Einen Dreck ist er. Sich unter den Tischen verkrochen und hernach davongemacht, das hat er. Also sage mir, durch welche Tür ist er geflohen?«

»Die da, die hat ihn zur Hintertür hinausgelassen«, rief der Greis, den Immeke in seiner stillen Ecke fast vergessen hatte. »Sie hat ihm gesagt, dass er sich schnell davonmachen soll, bevor du ihn in die Finger kriegst, Hans, und deine Münzen zurückverlangst.« Er kicherte leise.

Immeke starrte ihn an. Von wegen stocktaub, der Alte hörte wie ein Luchs. Ihr Herz zog sich zusammen. Sie hatte Angst vor Hans Vrille. Schreckliche Angst. Nachdem ihr Vater erkrankt und der Mutter und dem kleinen Bruder ins Grab gefolgt war, hatte Immeke mit ihren acht Jahren für sich selber sorgen müssen. Sie war dem Wirt und seinem Weibe dankbar für Obdach und Brot, auch wenn es tagein, tagaus harte Arbeit bedeutete. Dieser Hans Vrille war es, der ihr das Leben verleidete. Ein Kumpan ihres Vaters sei er gewesen, so behauptete er, und ihm zu Ehren würde er immer mal wieder nach Immeke schauen. Er müsse schließlich darauf achtgeben, dass es ihr bei den Wirtsleuten auch wohlergehe, so seine heuchlerischen Worte. Sie wünschte, er würde sie endlich in Frieden lassen. Seine Knochenhauerhände waren überall, und wenn sie sich wehrte, brauste er auf. Schon einige Male hatte sie seine Fäuste zu spüren bekommen.

Wie sehr sie ihn hasste!

Es war ein Fehler gewesen, dem Burschen zur Flucht zu verhelfen, doch diese Erkenntnis kam zu spät. Scheu blickte sie den Knochenhauer an. Sie wich zurück, als er einen Schritt auf sie zutrat.

»So, so, die schöne Immeke hat dem jungen Bäckersohn also die Hintertür geöffnet. Sieh an.« Er tat zwei weitere Schritte und packte sie am Arm. »Es ist noch keinem gut bekommen, Hans Vrille in den Rücken zu fallen. Einem, der stets nur dein Bestes wollte und dem du dankbar sein solltest.« Sie roch seinen Bieratem und drehte sich weg. Hans Vrille griff ihr Kinn und zwang sie, ihm in die Augen zu blicken. »Hast du schon vergessen, Immeke, was geschieht, wenn du nicht nach meiner Pfeife tanzt? Nun?«

Immeke schloss die Augen und schluchzte.

9

Der Mond ließ blasses Geisterlicht in den Hinterhof sickern. Lando kauerte sich in den Schatten einer Mauer und versuchte, nicht an das zu denken, was wohl in diesem Augenblick in der Krummen Querstraten geschah. Vergebens. Er schlug die Hände vors Gesicht. Was hatte er nur angerichtet? Es war töricht gewesen, mit den Würfeln seines Vaters in die Schenke zu ziehen. Wie hatte er nur so dumm sein können?

»Herr im Himmel«, flüsterte er, »steh meinem Vater bei und schütze auch den Gesellen Dietrich. Lass es nicht allzu schlimm werden.« Er ließ seine Hände sinken und blickte sich um. Gärten schlossen sich an den kleinen Hinterhof, dahinter ragten die Umrisse hoher Häuser in den Himmel. So mondhell die Nacht auch war, konnte er doch nicht erkennen, wie er von hier auf eine Straße gelangen konnte. Und wohin sollte er dann flüchten? Mitten in der Nacht gab es kein Entkommen aus dieser Stadt, denn die Tore waren bis zum Sonnenaufgang verschlossen. Es würde ihm nichts anderes übrig bleiben, als sich für die restliche Nacht einen Unterschlupf zu suchen.

Er schlich sich durch die Gärten und entdeckte einen schmalen Gang, der ihn durch die Häuser auf eine Straße führte. Wolken schoben sich vor den Mond, sodass alles um ihn herum in Finsternis versank. Wie unbedarft er gewesen war, ohne Laterne das Haus zu verlassen. Es gab eine Verordnung des Rates, die jedem verbot, ohne

Laterne des Nachts durch die Straßen der Stadt zu gehen. Er durfte keinem Büttel begegnen, wenn er die Nacht nicht in der Fronerei verbringen wollte, die sich dunkel und unheimlich hinter den Budenreihen der Knochenhauer erhob.

Er rieb seine Hände, die vor Kälte schmerzten. Mit Sehnsucht dachte er an das warme Bett in der Kammer. Nie wieder würde er Dietrichs Beine von den seinen schieben. Nie wieder würde der Geselle ihm ins Ohr schnarchen. Wie sehr er wünschte, dass alles, was in dieser Nacht geschehen war, nur ein böser Traum sei.

Gegröle und Männerlachen ließen ihn zusammenfahren. Waren sie zurückgekehrt? Kamen sie, um ihn zu holen? Lando hetzte die Straße entlang, auf die Mitte der Stadt zu. Am Hafen könnte er zu leicht in die Falle geraten. Er tastete sich an den Wänden der Häuser entlang und wünschte, die Nacht wäre nicht so schwarz. Endlich zogen die Wolken fort und er erkannte im bleichen Licht die Pfaffenstrate. Lando durcheilte sie und gelangte vor die turmlose Sankt-Katharinen-Kirche. Sie gehörte zum Kloster der Franziskaner, einem Bettelorden, der das Gebot der Armut predigte. Dennoch hatten die Mönche vor wenigen Jahren diese prächtige Backsteinkirche errichtet.

»Kloster«, murmelte Lando und kratzte sich hinter dem Ohr. Das St.-Christophorus-Kloster! Warum war er nicht gleich darauf gekommen? Er kannte es gut genug, um sich unbemerkt einschleichen und sich in einem der Ställe verstecken zu können.

Lando lief die Klockengeterstrate mit all seinen Brauhäusern hinab und bog in den Tunnekenhagen, eine schmale Gasse, die geradewegs zum Kloster führte. Er spuckte in die Hände, schwang sich über die Krone der Klostermauer und ließ sich auf der anderen Seite hinabgleiten. Seine Füße landeten auf weicher Erde. Offenbar war er im Kräutergarten gelandet, denn er erkannte im Mondlicht die Kräuterbeete. Lando folgte dem Pfad, der an alten Apfelbäumen vorbeiführte, und schlich sich über einen kleinen Hof. Immer wieder blieb er stehen und lauschte. Von Ferne hörte man Lachen. Dann bellte ein Hund. Endlich erreichte er einen großen Hof, der mit Gebäuden gesäumt war. Lando tastete sich an Backsteinwänden entlang. Er hoffte, eine offene Tür zu finden, und wenn sie nur zu einem Lagerhaus gehörte, in dem er Schutz für eine Nacht finden konnte. Seine Hände glitten über das kalte Mauerwerk und verharrten endlich an einer Brettertür. Sie war verriegelt. Enttäuscht tastete er sich weiter. Auch die nächste war verschlossen, ebenso die dritte und vierte. Lando sehnte sich nach einem schützenden Raum. Er musste ein Versteck finden, bevor eine Glocke die Mönche zu den Morgengebeten in der dritten Stunde des Tages rief. Endlich fand er eine Tür, die sich öffnen ließ. Lando huschte hinein. Dem Geruch nach war es ein Pferdestall. Die Gäule schnaubten leise, als wollten sie ihn grüßen.

Nach der Matutin schlurften die Mönche und Novizen zurück zu den Schlafsälen. Kältestarre Hände wurden gerieben, hier und da waren Seufzer zu hören, gelegentlich auch ein Gähnen.

Elias fühlte nach dem Buch, das er unter seiner Kutte verbarg. Er wollte die Müdigkeit der Brüder nutzen und sich im Nachtdunkel fortschleichen, dorthin, wo er die Schriften studieren konnte, ohne gleich entdeckt zu werden. Er hatte altes Leinen unter seine Decke gestopft, das einen schlafenden Novizen vortäuschte. Mit etwas Glück würde niemand seine Abwesenheit bemerken, und wenn doch, so war das Lesen dieser Schriften es wert. Strafen gingen vorüber, die Worte aber, die er lesen würde, wollte er sich ins Gedächtnis brennen, die würde ihm keine Menschenseele mehr nehmen.

Elias bog in einen Gang und von dort in die Küche. Er nahm eine der Öllampen, die auf einem Arbeitstisch standen, und entzündete den Docht an dem noch glimmenden Herdfeuer. Nun hieß es, rasch und ungesehen zum Pferdestall kommen, den hatte er als geheimen Leseort erwählt. Hühner gackerten, wenn man in ihren Stall drang. Schweine quiekten und stanken. Ziegen meckerten, und stinken taten sie ebenfalls. Pferde jedoch schnaubten nur und ihr Geruch ließ sich durchaus ertragen.

Elias entriegelte die Hintertür und lauschte. Niemand schien auf dem inneren Hof zu sein. Geduckt hastete er an den Stallgebäuden entlang. Die Flamme der Öllampe ließ seinen langen Schatten auf den Pflastersteinen tanzen. Hinter einer der Brettertüren hörte er ein Huhn leise gackern. Vielleicht träumte es vom hellen Tag und dem Scharren im Mist. Ein Fauchen ließ den Novizen zusammenschrecken. Etwas Dunkles entwich. Elias sah den Schattenriss einer Katze auf eine Mauerkrone springen und davonstieben.

Der Novize lehnte sich rücklings gegen eine Stalltür. Sein Herz trommelte. Er atmete tief durch, stieß sich ab und schlich weiter. Die Tür des Pferdestalls war nur angelehnt. Ein zerstreuter Laienbruder hatte nach dem abendlichen Füttern wohl vergessen, den Riegel vorzuschieben. Die Scharniere knarrten entsetzlich. Bang lauschte Elias in die stille Nacht.

Ein Knarren hatte Lando hochfahren lassen. Er rieb sich die Augen und ließ seinen Blick über den Heuboden wandern. Von unten waren Schritte zu hören, dann ein leises Fluchen. Könnte es einer der Mönche sein, der nach den Pferden sehen wollte? Lando wagte kaum zu schlucken, aus Furcht, der Fremde dort unten könnte es hören. So sachte wie möglich wühlte er sich tiefer in das Heu. Er spähte zu der Stelle hin, wo er die Luke wusste. Jetzt tanzte ein Lichtschein die Leiter hoch und hielt direkt auf ihn zu. Vor Angst krampfte sich sein Herz zusammen. Gleich würde ihn der Mensch, zu dem das Licht gehörte, entdecken, ihn aus dem Heu zerren und zur Rede stellen. Eine schlaksige Männergestalt in Kutte schälte sich aus dem Dunkel. In ihrer Rechten hielt sie eine beutelförmige Öllampe und in ihrer Linken etwas, das wie ein Buch aussah. Als der andere die Lampe ein wenig höher hielt, klappte Lando der Unterkiefer hinunter. Es war der Novize Elias, der elende Kerl, der Lando in die Badestube geschickt hatte, statt ihm den Weg in die Klosterküche zu weisen. Lando drängte es, sich auf ihn zu stürzen und ihm eine Tracht Prügel zu verpassen. Hier und jetzt konnte er sich endlich rächen, ohne dass ihm einer der Mönche in die Quere kam. Der Novize hatte eine andere Richtung eingeschlagen. Er stakste durch das Heu auf eine Holzwand zu. Dort angekommen stellte er die Öllampe auf einen Querbalken, hockte sich auf einen Heuberg und schlug das Buch auf. Sein Zeigefinger glitt über die Seiten und sein Mund bildete lautlos Wörter.

Die Gelegenheit war günstig. Lando ballte die Fäuste und machte sich bereit für einen Sprung. Er wollte dem Novizen zeigen, was dessen Belesenheit und Besserwisserei wert war. Beim Kämpfen würde er Lando nicht das Wasser reichen.

Er schnellte hoch. In drei Sätzen war er dort. Mit einem Wutschrei stürzte er sich auf den Novizen. Noch im letzten Augenblick sah er, wie Elias ihm den Kopf zuwandte und erschrocken die Augen aufriss. Mit voller Wucht stieß Lando ihn zur Seite und bearbeitete ihn mit den Fäusten. Elias riss seine Arme hoch und donnerte Lando das Buch auf den Kopf. Der dumpfe Schmerz ließ Lando taumeln. Dies nutzte der Novize, um sich zur Seite zu rollen und auf seine Füße zu springen. Während Lando dort kniete und sich den Kopf hielt, starrte Elias ihn an. Das Buch hielt er mit den Händen umklammert vor der Brust. Da verzog sich sein Gesicht zu einem bösen Grinsen.

»Ach, du bist es nur«, höhnte er und spuckte vor Lando aus. »Der strohdumme Sohn des betrügerischen Bäckers.«

»Halt das Maul!«, schnauzte Lando. Blind vor Zorn rappelte er sich hoch.

»Was suchst du hier mitten in der Nacht?«, fragte der Novize. »Seid ihr nicht nur Schwindler, sondern noch dazu Diebe?«

»Du verfluchter …« Wieder warf Lando sich auf ihn. Mit voller Wucht schlug Elias ihm das Buch aufs linke Ohr. Der Schmerz schoss durch Landos Körper. Er krümmte sich, wimmerte und presste sich die Hände auf die Ohrmuschel.

»Na, du Tölpel? Hast du genug?« Elias schnaubte. »Hau endlich ab! Geh zurück in euer dreckiges, rattenverseuchtes Backhaus.«

Die Wellen des Schmerzes verebbten. Lando ließ es sich nicht anmerken und bereitete sich auf den nächsten Angriff vor. Jetzt! Er warf sich seitlich gegen Elias' Schulter. Das Buch fiel hinab und der Novize ruderte mit den Armen, bevor er zu Boden ging. Seine rechte Hand hatte die Öllampe gestreift und mit sich gerissen. Öl spritzte nach allen Seiten. Mit einem Zischen entzündete sich das Heu. Die Flammen breiteten sich in Windeseile aus und hatten bereits das Buch ergriffen.

»Nein!«, schrie Elias. »Die Schriften! Was hast du getan?«

»Wieso ich?«, brüllte Lando. »Du warst das!«

Elias blickte wild um sich. Die Flammen fauchten und schlugen hoch. »Dein Mantel«, rief er Lando zu. »Du musst das Feuer mit deinem Mantel ersticken.«

Lando zögerte, denn er besaß nur diesen, doch schließlich riss er ihn sich vom Leib und schlug damit auf das brennende Heu ein. Es war ein sinnloses Unterfangen. Das Feuer hatte sich bereits in die Heuberge gefressen und leckte an der hölzernen Wand. Landos Gesicht schmerzte vor Hitze, und der beißende Rauch nahm ihm den Atem.

»Weg hier!«, schrie Lando gegen das Brüllen des Feuers an. Er ließ den brennenden Mantel fallen, stürzte zur Luke und rutschte die Leiter hinab.

Die Pferde wieherten in den Verschlägen. Sie warfen die Köpfe und ihre Hufe schlugen gegen hölzerne Wände. Lando riss die Brettertüren auf.

»Raus mit euch! Lass sie ins Freie, Novize!« Dieser stolperte zum Tor und zog die Flügel weit auf. Die Pferde tänzelten auf der Stelle. Sie bleckten die Zähne und ließen ihre Augen rollen. Lando schlug ihnen mit der flachen Hand auf die Hinterteile und trieb sie aus dem brennenden Gebäude. Das Gesicht des Pförtners tauchte neben ihnen auf. »Feuer!«, brüllte er. »Feuer!« Als er Lando und Elias erblickte, weiteten sich seine Augen. »Ihr wart das.« Bruder Thomas stand breitbeinig inmitten der fliehenden Pferde und richtete den Zeigefinger auf sie. »Ihr habt den Stall angezündet. Der Lieblingsnovize unseres Cellerars und dieser kleine, widerliche Bäckersohn. Verfluchtes Otterngezücht, dies bedeutet euer Ende!« Er versuchte sie zu packen. Lando stieß ihn zur Seite und ergriff die Flucht. Mönche und Nonnen in wehenden Kutten liefen herbei. Rufe. Schreie. Eimer mit Wasser wurden geschleppt. Über allem aber dröhnte die Stimme des Pförtners: »Die waren es. Lasst sie nicht entkommen!«

Hände griffen nach Lando. Er riss sich los. Stürzte davon. Wohin sollte er? Die Morgendämmerung war hereingebrochen. Die Dunkelheit verbarg ihn nicht mehr. Mit Leichtigkeit könnten sie ihn fassen. Über die Mauer zu klettern, schien ihm zu gewagt. Was, wenn sie ihn im letzten Augenblick an den Füßen packten?

Dicht hinter sich hörte er ein Keuchen. Mit Entsetzen blickte er zurück. Es war Elias.

»Hier entlang«, rief der Novize. »Ich weiß, wie wir von hier wegkommen.«

Lando nickte und hängte sich an seine Fersen. Er hatte befürchtet, Elias würde ihn niederreißen und den Mönchen ausliefern, doch begriff er, dass sie auch ihm die Schuld an dem Brand geben würden. Sie saßen in einem Boot.

Elias stürmte voran, stieß eine Tür auf und zog Lando in einen Kreuzgang, der ein Gräberfeld umschloss. Mönche, die sich im Laufen ihren Habit überwarfen, stolperten ihnen entgegen. Sie wichen aus. Elias schubste Lando auf eine steile Holztreppe zu, die sie rasch erklommen. Oben duckte Elias sich und Lando tat es ihm gleich. Der Novize legte seine Finger auf die Lippen und wies auf die Umrisse zweier Wächter, die zehn Fuß von ihnen entfernt auf dem Wehrgang der Stadtmauer standen und auf das brennende Gebäude starrten.

»Wo sind wir?«, flüsterte Lando.

»Auf dem schwebenden Gang, der über die Stadtmauer zum Abtritt führt«, antwortete Elias leise.

Lando hatte gehört, dass die Mönche des Klosters ihre Notdurft direkt in den Fluss Wakenitz, der einen Teil der Stadt umfloss, verrichteten. Die Mauer der Stadt Lübeck grenzte an ihr Gelände und bildete so gleichzeitig einen

Teil ihrer Klostermauer. Ein eckiger Turm, der außen an dieser Mauer gleich einem Erker über dem Wasser angebracht war, diente ihnen als Hauptabtritt und ersparte das lästige Leeren der Kloake, das sonst jedes Jahrzehnt fällig wurde.

Der Lärm, der von dem brennenden Klostergebäude herüberwehte, schwoll an. Das Feuer prasselte und fauchte. Männerstimmen schrien Befehle, Pferde wieherten, Hunde bellten und Schweine quiekten.

Elias beobachtete aus schmalen Augen die Wachposten, die noch immer wie gebannt zum Feuer blickten.

»Ich glaube, wir können es wagen.« Er wies mit dem Kinn zum Abtritt. »Folge mir.«

Sie überquerten geduckt den schwebenden Gang, schlichen sich in den Erker und standen schließlich in einer kleinen Kammer. Es dauerte eine Weile, bis Landos Augen sich an die Dunkelheit gewöhnten und er eine Reihe runder Holzdeckel auf einem Podest erkannte.

»Was hast du vor?«, fragte er.

Mit prüfendem Blick lüftete Elias einen der Deckel und schaute in ein dunkles, kreisrundes Loch.

»Du willst doch nicht etwa …« Lando war ein unappetitlicher Gedanke gekommen.

»Welchen Weg schlägst du stattdessen vor«, fragte Elias und zeigte auf die schießschartengroßen Öffnungen im Mauerwerk, durch die das schwache Licht der Morgendämmerung schien. »Willst du dich vielleicht dort hindurchquetschen?«

»Nein, aber …« Lando verstummte. Die Mönche würden, nachdem sie den Brand gelöscht hatten, nach der Ursache des Feuers forschen. Und Bruder Thomas würde nur allzu bereitwillig Auskunft darüber geben, wen er aus dem brennenden Stall hatte flüchten sehen. Vielleicht war er bereits unterwegs, hechelte von Tor zu Tor und verständigte die Wachen. Damit wäre ihnen die Flucht aus der Stadt verwehrt, denn die Torwächter würden sie festhalten und ohne viel Federlesens den Bütteln ausliefern. Brandstifter wurden, seitdem die Stadt schon von mehreren verhängnisvollen Bränden heimgesucht worden war, hart bestraft. Niemand würde ihnen Gehör schenken, wenn sie beteuerten, dass es nur ein Missgeschick gewesen war. Der Rat brauchte Schuldige, die für Brände büßten. Nur so konnten sie die aufgebrachten Bürger der Stadt zufriedenstellen.

Dies alles musste Elias bereits durchdacht haben, denn sein Plan, über den schwebenden Gang die Stadtmauer zu überwinden und vom Abtritt aus in die Wakenitz zu springen, war ihre einzige Rettung. Mit seinen Augen nahm Lando Maß, ob er auch wirklich durch das Abtrittloch hindurchpassen würde. Die Vorstellung, hängend in einem Abtritt zu stecken und von einem der Mönche, der seine Notdurft verrichten wollte, entdeckt zu werden, war wenig verlockend.

»Die Wachen auf dem Wehrgang sind noch immer abgelenkt«, unterbrach Elias seine Gedanken. »Ich bete zu Gott, dass sie nicht hören, wie wir ins Wasser springen. Der Lärm, der von dem Kloster herüberschallt, wird es hoffentlich übertönen.« Elias öffnete den zweiten Deckel. »Dies ist dein Weg in die Freiheit. Wir hängen uns an den Rand der Abtrittlöcher und ich zähle. Bei drei lassen wir uns fallen, verstanden?«

Lando schluckte.

»Sobald ich mich versichert habe«, fuhr Elias fort, »dass die Wache noch immer das brennende Kloster begafft, steigen wir hinein.« Er schürzte seine Kutte, stieg auf das Holzpodest und spähte nacheinander durch die schmalen Fensteröffnungen. Schließlich nickte er, wandte sich um und steckte seinen rechten Fuß in das Loch der Latrine. Er ließ den zweiten folgen, stemmte sich mit den Händen ab und rutschte ein Stück hinab, doch blieb er mit der Hüfte hängen. »Worauf wartest du?« Elias ruckelte hin und her und schickte Lando giftige Blicke. »Steig endlich hinein! So klein und schmächtig, wie du bist, wirst du wohl kaum stecken bleiben.«

Klein und schmächtig. Lando kochte vor Wut. Er setzte sich auf das Podest und steckte seine Beine durch das Loch. Von unten hörte er ein leises Plätschern.

»Ich bin frei«, schnaufte Elias. »Nun mach schon!«

Lando ließ sich hinuntergleiten und krallte sich mit den Händen am Rand des Loches fest. Elias, der ihm gegenüber unter dem heimlichen Gemach baumelte, flüsterte heiser: »Eins, zwei, drei.«

Lando ließ los und tauchte überraschend schnell in eine eiskalte Welt. Mit den Armen rudernd riss er seinen Kopf hoch. Er strampelte mit den Füßen und suchte festen Grund. Knöcheltief versank er im Moder. Bis zu den Schultern reichte ihm die dunkle Brühe. Er schüttelte sich vor Ekel. Elias, der ihm gegenüberstand, legte einen Zeigefinger auf seine Lippen und wies mit dem anderen hoch zum Wehrgang. Lando verstand und rührte sich nicht. Das kalte Wasser lähmte ihn und er verharrte so starr, als sei er bereits eingefroren. Von oben waren eilige Schritte zu hören.

»Waren vermutlich Wasserratten«, hörte er einen der Kerle knurren. »Die gibt's hier in Scharen. Immer übermütiger werden diese Viecher. Komm wieder mit rüber auf die andere Seite. Ich will sehen, wie den Pfaffen das Kloster unter den fetten Hintern wegbrennt.«

10

Die Hitze schlug wie Peitschenhiebe auf Bruder Thomas' Wangen. Es war heiß wie in der Hölle. Die Flammen brachen aus dem Dach und drohten, auf den Ziegenstall überzugreifen. Mönche, Nonnen, Novizen und Laienbrüder schleppten Wassereimer. Türmer, Nachtwächter und Handwerker stürmten herbei, um zu gaffen oder zu helfen. Die Luft war erfüllt von Schreien, dem Krachen herunterfallender Balken und dem Gebrüll des Feuers.

Bruder Thomas fluchte. Er wollte nicht länger seine Zeit mit dem Schleppen von Eimern vergeuden. Das konnten auch andere tun. War es nicht von größerer Dringlichkeit, der Brandstifter habhaft zu werden? Sie durften nicht entkommen. Sie waren Feinde des wahren Glaubens. Weshalb sonst hatten sie das Kloster angezündet? Doch nur, weil der Antichrist selbst sie dazu angestiftet hatte. Nun war es an ihm, dem Diener Gottes, den Handlangern des Satans Einhalt zu gebieten und die Verräter des wahren Glaubens an das Hohe Gericht auszuliefern. Es war seine heilige Pflicht. Gott prüfte sein Herz, seine Bereitschaft, für den Glauben zu kämpfen. Niemals würde er den Herrn enttäuschen.

Er reichte den leeren Holzeimer einem Laienbruder, der neben ihm stand, und stürzte zum Tor. Männer und Frauen kamen ihm entgegen, die mit weiteren Eimern in das Kloster drängten.

»Habt Ihr einen Novizen und einen Bäckersohn namens Lando van Ehlen gesehen?«, fragte Bruder Thomas einen Büttel, mit dem er fast zusammengestoßen wäre. »Sie haben den Stall angezündet und sind geflohen.«

»Ein Novize und ein Bäckersohn?« Der Büttel schüttelte den Kopf. »Gesehen habe ich sie nicht. Aber wir werden sie finden, bevor sie die Stadt verlassen. Keine Sorge.«

Bruder Thomas nickte und eilte weiter. Jeden Dritten fragte er nach den Flüchtenden. Zu sämtlichen Toren der Stadt würde er laufen und die Wächter anweisen, die Brandstifter festzuhalten. Sie würden nicht entkommen.

Meister Friedolf schreckte aus dem Schlaf. Jemand hatte an die Tür gepocht.

»Meister«, vernahm er Hinrichs Stimme. »Wacht auf! Das Kloster brennt.«

Das Kloster? Meister Friedolf warf die Decken zurück und schwang sich von der Bettstatt. In zwei Sätzen war er an der Tür und riss sie auf. »Was sagst du da? Das St.-Christophorus-Kloster? Es brennt?«

»Hört doch nur den Lärm auf der Straße. Halb Lübeck ist auf dem Weg dorthin.« Der Geselle warf sich den Mantel über. »Bertram und ich gehen. Löschen helfen. Da wird jede Hand gebraucht.«

»Ja, ja, eilt euch nur. Das Feuer darf nicht auf die umliegenden Häuser übergreifen. Im Nu frisst es sich die Straßen hoch und erfasst auch die Werkstatt.« Er fuhr sich durch die Haare. »Wir können nur hoffen, dass der Wind nicht aus Osten weht und die Flammen zu uns hertreibt.« Er wedelte mit den Händen. »Worauf wartet ihr noch? Lauft! Ich folge gleich nach.«

»Jawohl, Meister.« Hinrich polterte die Treppe hinunter. »Schnapp dir einen Eimer, Bertram, und komm!« Einen Atemzug später schlug die Türe zu. Meister Friedolf war bereits in Beinlinge und Stiefel geschlüpft und hatte sich die Schecke übergezogen. Er gürtete sich, während er die Stufen hinunter und aus der Türe sprang. Der Geselle hatte recht, die halbe Stadt war auf den Beinen und strebte zum Kloster hin. Stimmen schwirrten durch die kühle Morgenluft. In den Augen der einen stand Neugierde, anderen war Angst ins Gesicht geschrieben. Wie Meister Friedolf fürchteten sie wohl um ihre Häuser.

Der Geruch nach verbranntem Holz drang in seine Nase. Als er in die Straße »Bei St. Christophorus« bog, sah er über den Mauern des Klosters die Flammen in den Himmel schlagen.

»Ein Novize war es!«, schrie eine Frau, die ihm entgegenkam. »Ein Novize und ein Bäckersohn. Sie haben das Kloster angesteckt. Sucht nach den Brandstiftern!«

Ein Bäckersohn? Meister Friedolf hielt inne und packte die Frau am wollenen Umhang. »Sagt mir, ob Ihr den Namen des Bäckersohnes wisst.«

»Der Jüngste ist es von Meister van Ehlen, dem Säufer. Die Brut taugt so wenig wie der Vater.« Sie spuckte aus, riss sich los und eilte weiter.

Meister Friedolf starrte ihr nach. Lando sollte schuld sein an dem Brand? Das konnte und durfte nicht sein. Er war sein eigen Fleisch und Blut. Sein Sohn. Auch wenn es keiner wissen durfte. Dass Lando die Schuld für den Brand zugeschoben wurde, musste ein schrecklicher Irrtum sein. Er musste Lando finden und verstecken, bis das Missverständnis aufgeklärt war, andernfalls lief der Junge Gefahr, sein Leben auf dem Richtplatz zu beschließen. Das Hohe Gericht zögerte nicht, Brandstifter zum Tode zu verurteilen und auf das Rad flechten oder köpfen zu lassen. Das Volk verlangte nach Sündenböcken. Einem, der für das Unheil büßte.

Meister Friedolf schloss die Augen. Wie sehr ihn die Vorstellung schmerzte. Alles würde er tun, um seinen Sohn vor diesem Schicksal zu bewahren.

11

Und jetzt?«, fragte Lando zähneklappernd.

Elias, dem das Wasser nur bis zur Brust stand, nickte in Richtung des schmalen Uferstreifens vor der Mauer. Sie wateten ans Ufer und pressten sich an die Stadtmauer. Hier könnten die Wachen sie nur entdecken, wenn sie sich weit über die Brüstung des Wehrganges lehnten. Das Geschrei der Frauen und Männer, die versuchten, die Flammen zu löschen, drang gedämpft bis zu ihnen. Wie lange noch würde das verdammte Feuer wüten? Als hätte Elias Landos Gedanken gehört, sagte er leise: »Heilige Mutter Gottes, was haben wir getan?« Er starrte in den gräulichen Himmel und rang die Hände. »Was haben wir getan? Den Stall haben wir in Brand gesteckt und sind dann feige davongelaufen. Das Buch ist ein Opfer der Flammen geworden. Was wird Vater David von mir denken? Auch haben wir nicht geholfen, das Feuer zu löschen. Dabei ist die Hälfte der Brüder krank. Wie sollen sie die rechtzeitig hinausschaffen? O mein Gott, was haben wir nur getan?«

Lando schluckte schwer. An die erkrankten Mönche hatte er nicht gedacht. Um sich selbst hatte er Angst gehabt, vor der Fronerei und einer schrecklichen Strafe. Dabei brannte das Kloster, und die Flammen würden vielleicht über die Gebäude herfallen, in denen Kranke lagen. Im schlimmsten Fall würde die Feuersbrunst auch vor der Klostermauer nicht haltmachen. Die halbe Stadt könnte den Flammen zum Opfer fallen und viele Menschenleben waren in Gefahr. Nun trug er noch einen Sack Sünden mehr auf seinen Schultern, und der war so schwer, dass Lando unter ihm zusammenbrechen musste. Noch dazu fror er erbärmlich. Ihm schlugen die Zähne so heftig aufeinander, dass er befürchten musste, die Spitze seiner Zunge abzubeißen. Jäh sah er im Licht der Morgendämmerung einen Kopf im flachen Wasser dümpeln. Lando schluchzte und krallte seine Finger in die Fugen der Mauer. Dies war wie ein Blick in das Morgen. Auch er könnte seinen Kopf verlieren.

Elias stieß ihn an. »Was hast du?«

»Sieh«, hauchte Lando und wies dorthin, wo er den Kopf hatte treiben sehen. »Das abgeschlagene Haupt eines Hingerichteten. Das Ding starrt uns an. Bestimmt stammt der Kopf von einem Mörder. Das ist ein Zeichen, Elias. So werden wir sterben, weil wir das Kloster angesteckt haben.«

»Du Dummbeutel.« Elias schnaubte. »Das ist doch nur ein Schweinekopf mit abgeschnittenen Ohren. Ein paar Schritte von uns entfernt sind die Häuser der Küter. Der Kopf muss versehentlich ins Wasser gefallen sein.«

Lando erkannte, dass Elias recht hatte. Erleichtert blies er einen Stoß Luft aus den Nasenlöchern. Doch gleich darauf fühlte er Wut in sich hochsteigen. Dieser Novize war so verflucht hochnäsig, eingebildet und selbstgefällig. Er tat, als sei Lando gegen ihn nur ein dummer Bursche. Welches Schicksal ließ ihn, triefend nass und halb erfroren, wie er war, ausgerechnet mit diesem Novizen hier kauern? Sobald ihnen die Flucht gelungen war, würde Lando seiner Wege gehen. Mit einem wie dem wollte er keinesfalls seine Tage verbringen.

»He, du Klugredner«, sagte er bissig zu Elias. »Wenn du scharfsinniger bist als alle, weißt du sicherlich auch, wie wir hier wegkommen, ohne dass die Stadtwachen uns entdecken, oder?« Herausfordernd sah Lando ihn an.

»Natürlich weiß ich das«, antwortete Elias und blickte über das Wasser. »Wir müssen an das andere Ufer gelangen.«

»Oh, wie klug er ist«, höhnte Lando. »Und wie soll das gehen, ohne dass die Wachen uns bemerken? Sollen wir durch den Fluss tauchen?« Das war natürlich dummes Zeug, denn die Wakenitz war hier mehrere hundert Fuß breit. Kein Mensch konnte so lange unter Wasser bleiben.

»Wir borgen uns ein Fischerboot«, sagte Elias.

»Ein Boot?«, schrie Lando und schlug sich sogleich die Hand auf den Mund. Hoffentlich hatten ihn die Männer dort oben im Wehrgang nicht gehört. »Du musst von Sinnen sein, Novize«, zischte er. »Wenn wir uns ein Boot stehlen und damit über den Fluss schippern, werden die Wachen nicht seelenruhig zusehen, wie wir aus der Stadt fliehen.«

»Wenn man es dumm anstellt«, antwortete Elias knapp, »magst du recht haben.«

Mit möglichst viel Verachtung in der Stimme sagte Lando: »Und ich dachte, du seist so unglaublich gescheit. Das war wohl ein Irrtum. Der einzige Weg, der uns bleibt, führt nordwärts immer knapp an der Stadtmauer entlang. Bei der Landenge am Burgtor müssen wir ungesehen auf die Straße gelangen und uns davonschleichen.«

»Und wie willst du das machen, Bäckersohn?« Elias blickte ihn lauernd an. »Wie willst du ungesehen auf die Straße gelangen, die Tag und Nacht scharf bewacht wird? Meinst du, die Wachen gucken uns zuliebe einen Augenblick weg?«

»Wir schaffen das schon«, sagte Lando kleinlaut. »Zuerst müssen wir die Lage dort auskundschaften, einen guten Zeitpunkt abwarten und dann im richtigen Moment fliehen.«

»Träumer«, stieß Elias hervor, und es klang wie ausgespuckt.

»Dann erkläre du mir deinen wunderbaren Plan«, fauchte Lando.

»Nun gut.« Elias zeigte auf eines der schmalen Fischerboote, die hundert Fuß entfernt von ihnen an einem Bootssteg vertäut waren. »Wir schlendern zu dem Steg dort, schnappen uns auf dem Weg ein Fischernetz und leihen uns einen der Kähne aus. Wir tun so, als seien wir Fischersöhne, die auf einen frühen Fang rausfahren, verstanden, Bäckersöhnchen?«

Elias' Plan war gut, das musste sich Lando eingestehen, aber er hatte einen kleinen Haken, den dieser neunmalkluge Novize anscheinend übersehen hatte.

»Hab noch nie einen Fischersohn in der Kutte eines Novizen gesehen«, murmelte er und betrachtete seine Fingernägel. »Dies wird die Wachen vermutlich etwas stutzig machen.« Er verkniff sich ein schadenfrohes Grinsen.

Elias schwieg.

»Verdammt«, entfuhr es ihm schließlich. »Das nimmt dieser Geschichte tatsächlich ihre Glaubwürdigkeit.«

»Vielleicht geht es, wenn du die Kapuze hinten hineinstopfst. Die Kutte ziehst du hoch, bis sie die Länge einer Schecke hat. Mit dem Gürtel kannst du sie auf dieser Höhe halten.«

Mit gerunzelter Stirn schaute Elias an sich hinunter. Er zog die Kutte ein Stückchen hoch und betrachtete seine nackten Beine. »Hm«, machte er. »Kein schlechter Einfall, Lando Bäckersohn.«

Sie zerrten ein Netz in ein schmales, kippliges Boot. Elias sah mit der hineingestopften Kapuze und der hochgezogenen Kutte nicht wie der Sohn eines Fischers aus, sondern glich eher einem buckligen Bettler. Die Angst, einer der Fischer würde in der Frühe auftauchen und sie zur Rede stellen, ließ Landos Hände fahrig und ungeschickt hantieren.

Als sie endlich im Boot saßen und ablegen wollten, stöhnte Elias leise auf. »Etwas habe ich vergessen«, flüsterte er. »Wir haben keine Ruder. Wie sollen wir von der Stelle kommen?«

»Heda!«, rief plötzlich eine raue Stimme. Sie fuhren herum. »Hier oben!«

Lando blickte hoch und entdeckte zwei Stadtwachen, die vom Wehrgang herunterschauten. »Was treibt ihr zwei Helden denn da?«, fragte der eine.

»Wir sind Fischersöhne«, rief Lando und versuchte, seiner Stimme einen festen Klang zu geben. »Machen heute unseren ersten Fang. Es soll eine Überraschung werden. Unsere Väter werden bestimmt Augen machen, wenn wir mit einem schweren Netz voller Fische heimkehren!«

»Das glaube ich wohl«, rief einer der Wächter und schlug dem anderen lachend auf die Schulter. »So geschickt, wie ihr euch anstellt, wird es sicherlich ein Riesenfang!«

»Wir beobachten euch schon eine ganze Weile«, feixte der andere. »Wenn ihr auch nur einen Fisch heimbringt, verspeise ich eine gebackene Ratte.«

»Dann wünsche ich schon jetzt ein gesegnetes Mahl«, erwiderte Lando und rang sich ein Grinsen ab. »Ihr werdet sehen, unsere Väter werden stolz auf uns sein.«

Die Männer lachten schallend.

»Wir brauchen Ruder!«, fauchte Elias. »Woher sollen wir die nehmen?«

»Warte«, flüsterte Lando und sprang aus dem Kahn. Er lief zu einer Fischerhütte, die sich an die Stadtmauer lehnte. Dort hatte er ein paar Bretter liegen sehen. Er schnappte sich zwei und hechtete zurück. Als sie die Leinen des Bootes lösten und sich mit den Brettern abstießen, ernteten sie erneut Gelächter von oben.

»Vor lauter Lachen kommen diese Schwachköpfe gar nicht darauf«, sagte Lando, »dass wir das Ruderboot gerade stehlen.«

Elias stieß sein Brett in den Grund des Flusses, um das Boot voranzutreiben, und Lando tat es ihm gleich. Als sie sich auf der Mitte des Flusses befanden, warf Lando, um den Schein zu wahren, das Netz aus. Er fand weder Anfang noch Ende und verhedderte es heillos.

»Es macht nichts«, sagte Elias und blickte zur Stadtmauer, »wenigstens haben die Wachen ihre Freude. Sie krümmen sich vor Lachen.«

Seufzend gab Lando auf, stopfte das Netz unter die Bank und griff nach seinem Brett. Seine Arme fühlten sich schon nach wenigen Schlägen taub an, denn die Dinger taugten nicht als Ruder.

Im Licht der Morgensonne zogen sie den Kahn auf den schmalen Sandstrand. Elias rieb sich die schmerzenden Handgelenke und blickte hinüber zum anderen Ufer. Wie der Rücken eines Wales erhob sich die mächtige Stadt Lübeck aus dem Wasser, umgeben von den Flüssen Wakenitz und Trave. Elias ließ seinen Blick über die roten Dächer der unzähligen Häuser schweifen, die sich wie Fußvolk um Gotteshäuser und Rathaus scharten. Stolz streckten die Kirchen ihre hohen Türme in den Himmel, und die kupfernen Dächer der spitzen Rathaustürmchen glänzten im Licht der Morgensonne. Dort tagten sie, die Ratsherren der Travestadt, zumeist Kaufleute, die der Handel mit Salz und eingepökeltem Hering reich gemacht hatte. In den Gassen der Stadt munkelte man, Lübeck hätte sich unter ihrem Einfluss schon längst zum Haupt der Hanse aufgeschwungen und lenkte nun die Geschicke des Städtebundes nach eigenem Ermessen. Aber was scherten Elias schon Handel und Politik. Er hatte ganz andere Sorgen. Jäh wandte er sich ab und folgte einem Trampelpfad, der nach Süden führte. Er hatte noch keinen Plan gefasst, wusste nicht, wohin er sich wenden sollte, nur fort von hier wollte er, bevor man ihn ergreifen und vor das Hohe Gericht schleppen würde. Er musste so viele Meilen wie möglich zwischen sich und die Mauern der Stadt bekommen.

Soweit er wusste, gab es in der Nähe von Ratzeburg ein Kloster, das St. Ansverus auf dem Berge genannt wurde. Dorthin würde er sich wenden.

Elias verbot sich, an das zu denken, was er verloren hatte. Er senkte den Kopf und schritt weit aus.

»He!«, rief der Bäckersohn. Er hörte ihn hinter sich keuchen. »Wohin gehst du?«

»Nach Süden, das siehst du doch.« Elias riss an seiner Kutte, bis sie wieder zu seinen Knöcheln reichte, zerrte auch die Kapuze hervor und zog sie sich über den Kopf. In den klammen Kleidern fror er entsetzlich.

»Wohin genau?«, hakte Lando nach. »Hast du ein Ziel?«

Elias hielt inne und wandte sich langsam zu ihm um.

»Ob ich ein Ziel habe?« Er zog sich die Kapuze weit über die Stirn. »Wohin soll ein Novize wohl gehen?«

»Hm. In ein Kloster?«

»Was bist du doch für ein außergewöhnlich kluger Bäckersohn.« Elias drehte ihm wieder den Rücken zu.

»Warte!«, rief Lando. »Ich gehe mit dir. Ich weiß ja nicht, wohin sonst. Zurück in die Stadt jedenfalls nicht. Auf Brandstiftung steht der Tod. Keiner wird mir glauben, dass es ein Versehen war. Und wahrscheinlich wäre es ihnen eh egal. Hauptsache, einer spielt den Sündenbock.«

»Nein. Es ist besser, wenn wir uns hier trennen«, antwortete Elias, ohne ihn anzusehen. »Sie werden nach einem Novizen und einem Bäckersohn suchen. Wenn jeder für sich wandert, fallen wir weit weniger auf.«

»Noch gefährlicher aber ist es, alleine zu wandern«, wandte Lando ein. »Weißt du nichts von den Räuberbanden, die rund um Lübeck in den Wäldern hausen? Sie warten nur auf Wanderer wie dich, die töricht genug sind, sich mutterseelenallein auf den Weg zu machen. In einem Handstreich schneiden sie dir die Kehle durch, bevor sie deine Taschen nach ein paar lausigen Münzen durchwühlen.«

Elias fasste sich an den Hals. Er schluckte.

»Nun gut«, sagte er heiser. »Lass uns ein kleines Stück zusammen wandern, zumindest bis dort, wo wir in Sicherheit sind.«

Elias setzte seinen Weg fort und machte besonders große Schritte. Es sollte den Bäckersohn ruhig etwas Mühe kosten, ihm zu folgen.

Sie näherten sich dem Hüxterdamm, als Lando ihn plötzlich von hinten am Arm packte und hinter den Stamm einer Eiche zog. Elias wollte ihn anfahren, als der Bäckersohn stumm in Richtung eines steinernen Turmes wies, an dessen Fuße zwei Wächter standen. Sie redeten mit einem hageren Kerl, der die Kutte der Benediktiner trug. Bruder Thomas.

Der Mönch gestikulierte wild und wies dann in Richtung des Klosters, über dem schwarze Rauchschwaden standen.

»Er hetzt die Stadtwache auf uns.« Elias sah sich panisch um. »Lass uns das Weite suchen.«

»Wir sollten uns quer durch das Waldstück schlagen«, schlug Lando vor.

Elias schnaubte und stieß sich vom Stamm des Baumes ab. »Ein wahrhaft gescheites, kleines Bäckersöhnchen bist du.« Er warf seinen Kopf in den Nacken und ging voran. Einen Atemzug später wurde er von einem kräftigen Stoß in den Rücken zu Boden geworfen. Der modrige Geruch des Laubes drang in seine Nase. Schnell rappelte er sich auf, fuhr herum und warf sich mit einem Wutschrei auf den Bäckersohn. Warum nur war er ausgerechnet mit diesem Hanswurst auf der Flucht, der nichts anderes kannte, als sich zu prügeln? Was nur hatte ihr Schicksal vor wenigen Stunden verknüpft? Er kniete sich auf Landos Brustkorb und drückte dessen Hände in das Laub.

»Das machst du nicht noch einmal, du einfältiger, hinterhältiger Wicht, verstanden?«

Lando blickte zur Seite.

»Verstanden?«, wiederholte Elias und bohrte ihm seine Knie in die Oberarme.

»Ja, verdammt!«, fluchte Lando leise. »Nun hör endlich auf!«

»Na, also.« Elias ließ von ihm ab, sprang auf seine Füße und klopfte sich braune Blätter von der Kutte.

Lando hatte sich ebenfalls hochgestemmt. Er spuckte aus. Elias zuckte mit den Schultern und warf einen letzten Blick auf die Turmwächter. Sie kletterten in einen Durchlass, der in den steinernen Wachturm führte. Bruder Thomas aber war verschwunden.

Sie schlugen sich durch den Wald, überquerten zwei Trampelpfade und stießen nach geraumer Zeit auf einen zerfurchten Weg. Elias besah sich den Verlauf der Landstraße, die sich fünf Steinwürfe weiter hinter einer Kurve verlor.

»Wohin führt der Weg?«, fragte er.

»Das weißt du nicht?«, höhnte Lando. »Ich dachte, in deinem Novizenschädel befindet sich das Wissen der ganzen Welt.«

»Ich habe, seit ich in diesem Kloster lebe, nur einmal die Mauern der Stadt verlassen«, erklärte Elias, ohne Lando eines Blickes zu würdigen. »Also, sag schon. Führt dieser Weg nach Ratzeburg?«

»Ja, und von dort geht er nach Lüneburg, wo die Salinen sind. Ist Ratzeburg dein Ziel? Liegt das Kloster, zu dem wir uns flüchten, dort?«

»Erraten.« Elias setzte seinen Fuß auf eine der Spurrillen.

»Bist du von Sinnen?« Lando riss ihn zurück. »Wir können nicht auf diesem Weg allein nach Ratzeburg wandern!«

»Ach, und warum nicht?«, fragte Elias gereizt. »Ich denke, zu zweit sind wir sicher.«

»Weil hier entlang dieses Handelsweges die meisten der Räuberbanden hausen. Aus diesem Grunde schließen sich die Salzhändler stets zu Kolonnen zusammen, die von Söldnern begleitet werden. Niemals reisen sie zu wenigen.«

Elias hasste es, sich von diesem Bäckersohn belehren zu lassen.

»Was sollen wir also tun? Ich muss nach Ratzeburg.«

»Lass uns auf die Händler warten«, schlug Lando vor. »Wir können uns ihnen bis Ratzeburg anschließen.«

Obwohl der Kerl nur Mehl im Kopf hatte, schien dieser Vorschlag nicht schlecht, das musste Elias sich eingestehen. Dennoch murmelte er: »Mir ist nicht nach Warten.« Er ließ sich auf einem Feldstein nieder, der am Wegesrand lag.

Lando setzte sich neben ihn in das morgenfeuchte Gras und umschlang seine Knie. Dem Bäckersohn schien ebenso kalt zu sein wie ihm selbst. Mit einem Seufzer befühlte Elias seine Leinenkutte. Sie würde wohl niemals trocknen.

12

Immeke hatte Glück. Auf dem kleinen Platz vor dem Mühlentor formierte sich gerade eine Kolonne von Händlern, die sich für den Weg nach Lüneburg rüstete. Von dort würde sie fässerweise Salz in die Hansestadt bringen, das in Speichern gelagert und später zu hohen Preisen in den Norden verkauft wurde. Immeke plante, sich unter eine Handvoll Frauen zu mischen, die emsig hin und her liefen, die Vorräte prüften und das Gepäck immer wieder neu schichteten und schnürten. Inmitten der Händler hoffte Immeke, ungesehen aus der Stadt und bis in die Nähe der Windhöfe zu gelangen, ohne Wegelagerern in die Hände zu fallen. Auf den Windhöfen lebte Mutters Schwester, die Muhme Martha, mit Mann und Kindern. Vielleicht würden sie ihr Unterkunft gewähren, wenn Immeke sich ihnen als Magd anbot und so hart schaffte und rackerte, wie sie nur vermochte. Anderenfalls wusste sie nicht, an wen sie sich wenden und wo sie Obdach finden konnte. Und solange ein Hans Vrille hier lebte, würde sie nicht zurück in diese Stadt gehen. Niemals mehr.

Immeke zog sich ihr Wolltuch weit in die Stirn, damit niemand die blauen und grünen Flecke sah, und mischte sich unter die geschäftigen Händler.

»Die Rauchwolken ziehen gen Norden«, sagte ein Bursche zu einem anderen, der die hohen Räder eines Planwagens prüfte. Der Angesprochene nickte und antwortete: »Wir können nur hoffen, dass das Feuer nicht übergreift. In der Glockengeterstrate lebt mein Oheim.«

Immeke hatte von dem Feuer gehört. Das St.-Christophorus-Kloster war in Brand geraten und alles, was Beine hatte, war dorthin geeilt. Der Wirt hatte sich mit seinem Weib ebenfalls aufgemacht, mit einer Schecke, die nur halb übergestreift war, und verrutschten Beinlingen. Da hatte Immeke den Grapen vom Feuer genommen, ihren kargen Besitz zusammengerafft und war fortgegangen, um nie mehr zurückzukehren.

Sie drückte ihr Kleiderbündel fest an den Bauch. Bang sah sie sich um. Sie hoffte, nicht irgendwo die stämmige Gestalt des Wirtes zu entdecken, der nach ihr suchte, oder gar die Knochenhauergesellen, die eben noch schlafend unter den Bänken in der Schankstube lagen. Wenn die Kolonne der Salzhändler sich nicht in Kürze in Bewegung setzte, würde sie alleine durch das Stadttor hasten und im Schutze der Bäume auf die Kolonne warten. Als hätten die Händler ihre Gedanken gehört, ertönte ein Ruf, und der erste Planwagen setzte sich in Bewegung. Er schwankte durch das Torhaus, gefolgt von Karren, Frauen und Männern. Immeke schlüpfte zwischen die Wagen hinter zwei Frauen, die Ziegen führten. Die Tiere meckerten und rissen an den Stricken.

Immeke atmete auf, als sie das Mühlentor hinter sich ließen. Es ging über eine breite Brücke, neben der sich die Wasserräder der Walkmühlen drehten, dann folgten sie einem Fuhrweg, der nach Süden führte. Linker Hand lag ein Acker, ihm schloss sich eine Kapelle an und gleich daneben stand das Siechenhaus. Ein jeder versuchte, möglichst viel Abstand zwischen sich und den

Leprakranken zu lassen, die sich weit über eine Mauer beugten. Sie hielten den Vorbeiziehenden hölzerne Kästen an armlangen Stielen entgegen, mit denen sie um Almosen bettelten. Immeke schauderte es, als sie die roten Flecken auf den Wangen einer Kranken sah und die Hände eines greisen Mannes, dem bis auf einen sämtliche Finger fehlten.

Gleich hinter dem Siechenhaus waren die Tollkisten aufgestellt, nicht viel größer als ein Sarg, und alle aus der Händlerkolonne reckten den Hals, um einen Blick auf jene Narren zu erhaschen, die dort ihr Dasein fristen mussten. Zur Freude der Schaulustigen gebärdete einer sich besonders wild, zog Grimassen, fletschte die Zähne und rüttelte an den Gitterstäben.

»Hat wohl die Tollwut«, sagte ein Mann, der unbemerkt neben Immeke getreten war. Sie wich zurück und verschränkte die Arme vor der Brust.

»Die Tollwut?«, wiederholte sie leise.

»Hat sich bestimmt zu weit in die Wälder getraut, der Strohkopf. Selbst Schuld hat er, wo doch massenhaft tollwütige Füchse und Wölfe heuer ihr Unwesen treiben. Weiß doch jeder hier.«

Immeke beobachtete, wie einer der Händler den Wüterich unter dem Gelächter der anderen mit Kieselsteinen bewarf. Der Tor brüllte und spuckte und warf sich mit Schaum vor dem Mund gegen die Gitterstäbe. Mit einer Mischung aus Faszination und Ekel beäugte Immeke den Kranken. Fast vergaß sie darüber ihr eigenes Leid und den Schmerz, der überall pochte.

Hans Vrille.

Er hatte auf sie eingedroschen, als wollte er ihr jeden Knochen im Leibe brechen.

»Gehörst du zu einem der Salzhändler«, fragte der Mann neben ihr. Immeke zog den Kopf zwischen die Schultern. Er sollte weggehen, sie in Ruhe lassen.

»Bist du alleine unterwegs?«

Immeke presste die Lippen aufeinander und blickte zur Seite. Das Siechenhaus und die Tollkiste lagen jetzt hinter ihnen. Vereinzelt säumten Häuser und Bäume den Weg.

»Wie lautet dein Name und wohin willst du?«

»Lasst mich in Ruhe!«, zischte Immeke. Tränen traten ihr in die Augen. »Geht woandershin und sprecht mich nicht mehr an.« Der Mann tat einen Schritt zur Seite und hob die Hände.

»Schon gut, schon gut. Ich gehe ja schon, du kleine Giftschlange. Wollte nur höflich gefragt haben.« Er beschleunigte seinen Schritt und reihte sich weiter vorne in den Zug ein.

Die Frauen, welche die Ziegen führten, tuschelten und kicherten. Immeke schickte ihnen böse Blicke.

Sie gelangten in den Schatten eines Buchenwaldes und Immeke spähte in das Unterholz. Sie musste an den Tollwütigen denken und an das, was ihr der Fremde von erkrankten Füchsen und Wölfen erzählt hatte. Auch wenn sie nicht sonderlich an ihrem Leben hing, wollte sie es doch um keinen Preis mit Schaum vor dem Mund in einer Tollkiste beenden.

Immeke hatte sich fast bis an das Ende der Kolonne zurückfallen lassen. Die Weiber mit den Ziegen hatten nicht aufgehört zu tuscheln, und ein junger Bursche, der einen Eselskarren führte, hatte begonnen, ihr immer wieder lange Blicke zuzuwerfen.

Sie wollte das alles nicht. Sie wollte für sich sein und nachdenken, ersinnen, wie sie ihr Leben schützen konnte, wenn sie den Zug der Händler verlassen und den Weg zu ihrer Muhme Martha suchen musste. Nicht nur vor tollwütigen Tieren musste sie sich in Acht nehmen, vor allem wegen der Räuber und Meuchelmörder, die scharenweise nahe den Handelswegen ihr Unwesen trieben, war eine Reise ohne Begleitung viel zu gewagt. Sie musste sich überlegen, wie sie unbeschadet zu den Windhöfen gelangen könnte. Hätte sie doch eines der langen Fleischmesser aus der Schenke mitgenommen. Zu spät war ihr eingefallen, wie überlebenswichtig eine Waffe für sie war.

Immeke nahm eine Bewegung im Unterholz wahr und fuhr herum. Nur mühsam hatte sie einen Schrei unterdrückt. Da hockte etwas Dunkles. War es ein tollwütiges Wildschwein, das sogleich aus dem Gebüsch brechen und sie anfallen würde? Niemand sonst schien das Wesen dort bemerkt zu haben. Die Männer und Frauen schoben sich, ohne aufzublicken, an ihr vorbei.

Immeke machte die Augen schmal. Es verschlug ihr die Sprache, als sie erkannte, wer da die Zweige zur Seite bog und sich aus dem Unterholz löste. Es war der unglückselige Bäckersohn, dessentwegen sie die Prügel bezogen und all die Schmach erlitten hatte. Er war der Grund für das Unglück, welches ihr widerfahren war. Zur Hölle sollte er fahren, der Tölpel.

Sie sah noch einen Zweiten, der sich vor dem Gebüsch aufrichtete, ein weitaus größerer Bursche in verdreckter Kutte, offensichtlich ein Novize.

»Die schöne Immeke!«, hörte sie den Bäckersohn rufen. »Wie kommst denn du hierher?«

Sie antwortete nicht. Energisch wandte sie sich ab und eilte weiter.

»Warte doch!«, rief er ihr nach. »Nur auf ein Wort.«

Sie hielt sich die Ohren zu. Mit diesem Unglücksraben wollte sie nichts zu schaffen haben. Sie hatte ja genug mit sich selbst zu tun.

Ein Gedanke durchfuhr sie, der ihr kurz den Atem raubte: Der Bäckersohn stand in ihrer Schuld, schließlich hatte sie ihm zur Flucht verholfen und damit erst all das Unglück auf sich gezogen. Nun war er an der Reihe, seine Schulden zurückzuzahlen, und sie wusste auch schon, auf welche Weise er das tun würde.

Sie blieb stehen und drehte sich langsam zu ihm um.

13

Meister Friedolf irrte durch Lübecks Gassen. Er musste Lando finden, bevor jener Mönch es tat, der herumlief und ihn lauthals und unverfroren als Brandstifter bezeichnete. Das war üble Verleumdung. Niemals würde sein eigen Fleisch und Blut aus reiner Bösartigkeit ein Kloster in Brand setzen.

Er bog in die Krähenstrate und schlug den Weg zur Stadtmitte ein. Noch immer strömten Bürger der Stadt zum Kloster hin. In ihren Gesichtern spiegelten sich Angst und Neugierde. Wo aber mochte Lando sich versteckt halten? Gewiss nicht im Bäckerhaus, dort würden die Büttel der Stadt zuerst nach ihm suchen. Ach, wenn er doch zu seinem Haus kommen würde, zu ihm, dem Paternostermacher, der stets ein paar freundliche Worte mit ihm wechselte, wenn Lando in der Morgenfrühe den Stand beschickte. Der Junge müsste doch wissen, dass er in ihm einen verlässlichen Freund hatte. Zudem wäre es nicht weiter schwierig, Lando in einer der Kammern unter dem Dach zu verstecken. Niemand würde ihn dort suchen.

Was, wenn Lando schon dort war und an seine Tür klopfte? Keiner könnte ihm öffnen. Das Haus war leer.

Friedolf machte auf dem Absatz kehrt und eilte zurück. Doch kaum hatte er die Hundestraten erreicht, überfielen ihn Zweifel. Der Bäckermeister. Er würde ahnen, wo Lando sich verbarg, denn er wusste, wie sehr Friedolf an seinem leiblichen Sohn hing. Meister van Ehlen würde den Bütteln verraten, wo sie nach Lando suchen mussten. So war der Paternostermacher fast erleichtert, als er zu seinem Haus gelangte und Lando dort nicht vorfand.

Ach, es war zum Verzweifeln. Da hatte er einen Sohn und konnte ihm nicht einmal beistehen. Solange dieser Bäckermeister am Leben war, blieb Friedolf der Weg zu Lando versperrt. Er stieß die Tür auf und verbot sich zu denken, was er Johan van Ehlen alles an den Hals wünschte.

Bruder Thomas rieb sich die Hände. Sämtliche Tore der Stadt hatte er abgeklappert, alle Wachen waren verständigt, und bisher hatte keiner einen Novizen gesehen, schon gar keinen, der in Begleitung eines mickrigen Burschen war. So leicht würden die beiden Lumpen nicht aus der Stadt gelangen, dafür hatte er gesorgt.

Vom Burgtor aus, das im Norden der Stadt lag, wanderte er zurück zum Kloster. Insgeheim hoffte er, der Schaden, den das Feuer angerichtet hatte, wäre möglichst groß, damit es für ein Todesurteil reichte. Es wäre beklagenswert, wenn der Verräter Gottes namens Elias mit dem Pranger auf dem Markt davonkäme. Bruder Thomas spuckte in die Gosse. Keineswegs würde der Herr sich damit zufriedengeben. Hieß es nicht in der Heiligen Schrift »Die Rache ist mein. Ich will vergelten«? Und was war schlimmer als ein Verrat an denen, die wahrhafte Buße taten, die nur an das Wohl anderer dachten, um die Strafen Gottes, jenes heilige Feuer, das in den sündigen Brüdern brannte, den Fluch des Antoniusfeuers von ihnen abzuwenden?

Im Tunnekenhagen schleppten sich ihm rußgeschwärzte Gestalten entgegen. Über der Stadt waren keine Rauchwolken mehr zu sehen und es schien, als sei der Brand gelöscht. Bruder Thomas raffte die Kutte. Er eilte zum Kloster, durchquerte das Tor und gelangte zum hinteren Hof. Die Mönche und Laienbrüder tilgten in verdreckten Kleidern letzte Glutnester aus. Keines der anderen Gebäude schien Schaden genommen zu haben. Es war ihnen also gemeinsam mit den Bürgern der Stadt gelungen, den Brand auf den Pferdestall zu begrenzen. Bruder Thomas grunzte. Ob dies für einen schmachvollen Tod auf dem Köpfelberg reichte? Er kratzte sich den Nacken. Und was, wenn die Schurken sich doch schon aus der Stadt geschlichen hatten? Verflucht, damit musste er rechnen. Wer blieb schon aus freien Stücken in einer Stadt, in der sein Henker schon das Beil schärfte? Sie wären Narren, hielten sie sich in den Gassen Lübecks verborgen, denn früher oder später würden die Büttel sie aufspüren. Es wäre nur eine Frage der Zeit.

Bruder Thomas ballte die Fäuste. Gewiss, sie waren fort. Für ihn gab es keinen Zweifel mehr. Er fuhr herum und packte den nächstbesten Laienbruder am Ärmelaufschlag seiner Kutte.

»Wo ist der Abt?«

»Soweit ich weiß, hat er sich für einen Augenblick der Ruhe und Einkehr in die Kapelle zurückgezogen.« Der Laienbruder riss sich los und wischte sich über das rauchgeschwärzte Gesicht. Bruder Thomas ließ ihn stehen und machte sich auf den Weg zur Kapelle. Er musste die Ketzer und Brandstifter finden, wo auch immer sie sich verkrochen. Sie durften nicht entkommen. Er musste den Abt davon überzeugen, Gottes Diener Thomas ziehen zu lassen, um die Schuldigen zu fassen und sie ihrer gerechten Bestrafung zuzuführen.

Und ob mit oder ohne Zustimmung des Abtes, Bruder Thomas würde sie einfangen.

14

Lando wanderte neben der Schankmagd. Immer wieder musste er schlucken und sich räuspern. Er wollte mit ihr reden, wusste aber nicht, wie er es beginnen sollte.

Immeke hatte von ihnen verlangt, sie zu ihren Anverwandten zu bringen, die ein Stück hinter Ratzeburg auf den Windhöfen lebten. Dort würde sie Obdach und Brot erhalten und sich dafür als Magd verdingen. Sonst, hatte sie erzählt, gebe es auf der ganzen Welt keine Blutsverwandten mehr.

»Dein Vater und deine Mutter«, hatte Lando gefragt. »Was ist mit ihnen?«

»Nichts!«, hatte sie gezischt, als sei die Frage töricht und kränkend. Lando ließ sich einen Schritt zurückfallen und wandte sich Elias zu.

»Was meinst du, ob Bruder Thomas uns auf den Fersen ist?« Er spähte hinter sich nach dem hageren Mönch. »Verfolgt er uns oder ist er in der Stadt geblieben und hat uns die Büttel hinterhergehetzt?«

»Wer ist das, dieser Bruder Thomas?«, fragte Immeke und blickte sich ebenfalls um.

»Das erzählen wir dir später«, sagte Lando. »Ich frage mich nur, warum er uns unbedingt vor das Hohe Gericht schleppen will. Ich habe ihm doch gar nichts getan.« Forschend blickte er Elias an. »Oder geht es um dich? Trägt er dir etwas nach?«

»Er hasst mich.« Elias blickte starr geradeaus.

»Ach, er hasst dich.« Lando machte die Augen schmal.

»Und warum hasst er dich so sehr, dass er wie ein wildgewordener Esel herumläuft und die Stadtwachen auf uns hetzt? Es muss doch einen Grund dafür geben, weshalb er nichts lieber täte, als unsere Köpfe rollen zu sehen. «

»Das geht dich einen feuchten Dreck an«, knurrte Elias.

»Burschen, ihr riecht nicht gut«, rief in diesem Augenblick ein dicker Salzhändler hinter ihnen, der auf dem Kutschbock seines mit Holz beladenen Fuhrwerks saß. »Es erinnert mich an den betörenden Duft von Kloake. Seid ihr etwa Scheißhausfeger? Danach seht ihr mir gar nicht aus. Hab jedenfalls noch keinen Scheißhausfeger in Mönchskutte gesehen.« Er lachte dröhnend.

Lando spürte Hitze auf seinen Wangen. Verstohlen hob er einen Ärmel an die Nase und schnupperte. Wie hatten sie nur vergessen können, dass sie durch das vom Abtritt des Klosters verschmutzte Wasser gewatet waren? Vermutlich hatten sie sich schon zu sehr an den strengen Geruch gewöhnt, doch vor Immeke war ihm dies peinlich.

»Wo wollt ihr eigentlich hin?«, fragte der Salzhändler. »Die Gruben in Lüneburg leeren?« Wieder lachte er und schlug sich auf die Oberschenkel.

Zornig schrie Lando auf, ballte seine Fäuste und wirbelte herum. Einer der zwei angeschirrten Gäule scheute und warf wiehernd den Kopf zurück. Das Fuhrwerk blieb abrupt stehen. Lando zitterte vor Wut. Niemand würde ihn ungestraft einen Scheißhausfeger nennen.

»He!«, donnerte der Mann. »Was fällt dir ein, Jüngelchen?«

Elias packte Lando an der Schulter und zog ihn zurück. »Mach dich nicht lächerlich!«, zischte er in Landos Ohr. »Vergiss mal für eine Weile deinen armseligen Bäckerstolz und verhalte dich ruhig. Diese Händler geben uns sicheres Geleit nach Ratzeburg. Und dies ist im Augenblick wichtiger als niedere Rachegelüste.« Er schubste Lando voran und die Kolonne der Karren hinter ihnen setzte sich rumpelnd wieder in Bewegung. Die Söldner, die den Treck bewachten, trieben ihre Pferde an.

Elias hat ja recht, dachte Lando mürrisch. Schwer genug war es gewesen, diese übel gelaunten Händler davon zu überzeugen, dass sie keine Wegelagerer waren, die auf sie lauerten. Und sie hatten sie nur gegen ihr Versprechen in ihre Reihen aufgenommen, mit ihnen die Karren aus Schlammlöchern zu ziehen, wenn sie stecken geblieben waren. Das kam schließlich oft genug vor.

Lando musste lernen, seinen Zorn zu zügeln.

Besorgt forschte er in Immekes Gesicht, doch da fand er weder Unwillen noch Belustigung. Ganz im Gegenteil, es wirkte wie versteinert.

»Sind die Windhöfe weit von Ratzeburg entfernt?«, fragte er, nur um sie zum Reden zu bringen. Dass sie schweigend neben ihm schritt, behagte ihm immer weniger.

»Ich weiß es nicht. Ich weiß nicht einmal, wo genau sie sind. Wir werden fragen müssen.« Sie verstummte wieder.

Lando seufzte. Der eine Reisegefährte arrogant, die andere Begleiterin stumm wie ein Fisch. Da konnte man genauso gut alleine wandern. Er ließ sich zurückfallen und wahrte zwei Armlängen Abstand zwischen sich und ihnen.

Am frühen Nachmittag erreichten sie Ratzeburg und Lando war erleichtert, die Kolonne der Salzhändler verlassen zu können. Ein Bauer erklärte ihnen den Weg zum nächsten Dorf. Von dort konnte Elias den Pfad zum Kloster St. Ansverus auf dem Berge einschlagen. Dass der Bauer sich beim Reden die Nase zuhielt, erinnerte sie daran, dass sie sich noch immer nicht gewaschen hatten. Wie sehr ersehnte Lando ein Bad, saubere Kleider und etwas zu essen. Vor einigen Stunden hatten sie zwar ein halbes Brot verschlungen, das Lando einem übel gelaunten Salzhändler für einen viel zu hohen Preis abgekauft hatte, doch der Hunger nagte schon wieder in seinen Eingeweiden.

Der Weg führte leicht bergan durch einen Laubwald. Die Bäume ringsum zeigten die ersten grünen Spitzen und die Vögel zwitscherten so laut, als wollten sie die warmen Tage herbeisingen.

Noch nie hatte Lando sich derart weit von der Stadt entfernt. Ein mulmiges Gefühl beschlich ihn, wenn er daran dachte, was er in dieser einen Nacht verloren hatte: sein Zuhause, seine Heimatstadt und einen Vater, dem er nie hatte zeigen können, was in ihm steckte. Wohin sollte er sich wenden? Was sollte er nun tun? Hier war er fremd und allein, zumindest, wenn man von dem hochnäsigen Novizen und der stummen Schankmagd absah.

Elias zog es vor, neben Immeke zu wandern. Sie unterbrach seine Gedanken nicht fortwährend mit dummdreistem Geschwätz, wie der Bäckersohn es tat. So konnte er sich sammeln und das Zukünftige in Ruhe planen. Es gab zwei Möglichkeiten. Die erste war, ein Kloster der Benediktiner aufzusuchen und um Aufnahme zu bitten. Er würde beichten, was sie angerichtet hatten, und um Buße bitten. Vielleicht konnte er dann eines Tages nach Lübeck zurückkehren, sich mit Bruder David beraten und sich notfalls sogar dem Hohen Gericht stellen. Wenn das Kloster voll und ganz hinter ihm stand, würde das Gericht mit etwas Glück auf ein Todesurteil verzichten. Die zweite Möglichkeit war, als Scholar unter falschem Namen und mit selbst erdachter Vergangenheit von Stadt zu Stadt zu ziehen und die Horte des Wissens aufzusuchen. Zu begrenzt war, was er in den Klöstern lernen durfte. Dann endlich könnte er alles studieren, was höhere Schulen und Universitäten zu bieten hatten. Sein täglich Brot müsste er sich als Schreiber auf den Märkten verdienen.

Elias spürte sein Herz kräftig pochen. Es verlangte ihn nach mehr Wissen. Niemand hatte ihm gesagt, warum er schon im Alter von drei Jahren an der Klosterpforte abgegeben worden war. Er wusste nicht, woher er stammte, wusste nicht, wer sein Vater noch seine Mutter waren. Ihre Gesichter verschwammen in einem Nebel dunkler Erinnerungen. Doch alle Erkenntnisse, an die er aus eigener Kraft gelangen konnte, wollte er nun an sich reißen.

»Lasst uns eine Rast machen. Ich bin müde.«

Die nervtötende Stimme des Bäckersohnes ließ Elias'
Gedanken in tausend Stücke springen. Er fuhr herum.
»Bis zum nächsten Dorf wirst du es wohl schaffen, oder?«

»Ich habe auch nichts dagegen, ein wenig auszuruhen.«
Immeke strich über ihr Bündel, das sie die ganze Wanderung über an ihren Bauch gedrückt hielt. »Und Hunger
habe ich außerdem.«

Lando schnaubte und sagte: »Na, dann müssen wir
uns wohl etwas Essbares herbeizaubern. Für Beeren und
Pilze ist es jedenfalls noch zu früh.«

»Wieder einmal eine kluge Rede.« Elias verschränkte
die Arme. »Die Weisheit hast du wohl wie Mehl gefressen, was?«

»Ich habe etwas.« Immeke klopfte auf das Bündel.
»Das wird für uns alle reichen.«

Erst jetzt merkte Elias, wie hungrig er war. Er starrte
auf das Bündel und verspürte den unlauteren Wunsch,
es ihr zu entreißen.

»Aus der Küche der Hafenschenke?«, fragte Lando und
leckte sich die Lippen. »Sind gute Dinge dabei?«

»Schinken und Brot und auch Bier in einem Schlauch.«
Immeke schaute sich um. »Wo wollen wir rasten?«

Sie wählten eine kleine Waldlichtung, weit genug ab
vom Weg, sodass sie von dort nicht gleich entdeckt werden konnten. Auf einem umgestürzten Baumstamm ließen sie sich nieder und Immeke breitete das Essen aus.
Sie bissen abwechselnd vom Schinken ab und brachen
sich Stücke aus dem runden Brot.

Elias bemerkte, wie unruhig Immeke ihren Blick um-
herstreifen ließ. Es war, als würde sie jeden Augenblick

damit rechnen, den Knochenhauer, von dem sie kurz erzählt hatte, aus dem Unterholz brechen zu sehen.

»Er wird dich hier nicht finden«, sagte er. »Du bist hier sicher.«

»Von wem sprichst du?« Immeke sah ihn verwirrt an.

»Von diesem Hans Vrille oder wie er hieß. Vor ihm fürchtest du dich doch gerade, oder?«

»Nein.« Immeke starrte auf ihre Hände. »Gerade jetzt fürchte ich mich vor tollen Tieren. In den Wäldern soll es nur so von ihnen wimmeln. Ich habe einen Mann gesehen, vor den Toren Lübecks. Er hockte in einer Tollkiste. Schaum stand ihm vor dem Mund. Er hat gebrüllt und geflucht. Er hat die Tollwut. Wir müssen uns in Acht nehmen.«

Lando bückte sich nach einem Stück Ast.

»Dann sollten wir uns besser mit Knüppeln bewaffnen«, sagte er. »Wir müssen sie erschlagen, wenn sie sich auf uns stürzen.«

»Mehlkopf«, schnaubte Elias. »Mit einem Stück Holz gegen ein tollwütiges Tier! Wenn wir ein Messer hätten …« Er dachte nach. »Oder Feuersteine und Zunder, um ein Feuer zu entfachen. Das würde sie vielleicht vertreiben.«

Sie schwiegen. Ein Eichelhäher stieß keckernde Laute aus und der Wind strich durch das noch karge Frühlingslaub.

»Jedenfalls können wir hier nicht unser Nachtlager aufschlagen«, sagte Immeke. »Wir müssen es vor Einbruch der Dunkelheit in das nächste Dorf schaffen.«

»Wir könnten einen Bauern fragen, ob wir auf seinem

Heuboden die Nacht verbringen dürfen«, schlug Lando vor.

Elias zog die Augenbrauen zusammen.

»Ich bin nicht gerade versessen darauf, mit dir jemals wieder zur gleichen Stunde auf einem Heuboden zu sein, Sohn eines Bäckers. Mehr Unheil kann ich wahrhaftig nicht gebrauchen.« Doch wusste er, dass ihm vermutlich keine andere Wahl blieb.

Hufgetrappel ließ Elias zusammenfahren. Immeke und Lando waren aufgesprungen.

»Es nähert sich«, flüsterte Elias. »Runter mit den Köpfen! Und seid still.«

Sie kauerten sich hinter Brombeergestrüpp und starrten auf die nächste Wegbiegung. Dort tauchte ein Schatten auf. Ein Pferd im Trab, dessen Hufe mit hohlem Klang auf den Weg schlugen. Auf ihm hockte ein hagerer Reiter, der seinen Kopf von links nach rechts warf und in das Dickicht des Waldes spähte. Bruder Thomas! Er hatte seinen Habit mit Beinkleidern, Kettenhemd und Mantel vertauscht und seine Tonsur unter einer braunen Filzkappe verborgen. In seinem Gürtel steckte ein langer Dolch. Was hatte er vor? Wollte er sie abstechen wie schlachtreifes Vieh?

Als der Blick des Mönches in ihre Richtung glitt, duckte Elias sich noch tiefer hinter das Gestrüpp. Sein Atem ging flach. Ein einziger Huster konnte sie das Leben kosten.

Weshalb nur jagte Bruder Thomas ihn? Wie groß musste sein Hass sein? Und wie hatte er wissen können, dass sie gerade diesen Weg gewählt hatten? Vermutlich hatte er eins und eins zusammengezählt und war darauf gekommen, dass sie im Schutze der Salzhändler und Söldner geflohen sein konnten. Für ein paar Münzen werden die Händler ihm erzählt haben, welchen Weg sie dann eingeschlagen hatten. Verdammte Krämer!

Endlich entfernte der Hufschlag sich. Bruder Thomas war mit flatterndem Mantel vorbeigeritten. Elias ließ sich in das Laub sinken. Gottlob, er hatte sie nicht entdeckt. Doch so bald wie möglich musste er seine verräterische Novizenkutte gegen Bauernkleider tauschen.

»War das der Mönch, von dem ihr erzähltet?«, fragte Immeke und blickte dem Reiter nach. »Warum folgt er euch? Habt ihr etwas verbrochen?« Sie stemmte ihre Hände in die Hüften. »Ah, jetzt ahne ich, warum ihr aus der Stadt geflohen seid. Ihr habt das Kloster angezündet. Ihr seid die Brandstifter, nicht wahr?«

»Wir wollten das nicht«, murmelte Lando. »Es war ein Versehen.«

Immeke verzog das Gesicht.

15

Lando sehnte sich nach einem Waschzuber, frischen Kleidern und einem warmen Nachtlager. Wie weit mochte es noch sein bis zum nächsten Dorf? Der Waldpfad hatte sich nach mehreren Meilen in einen holperigen Fuhrweg verwandelt. Unzählige Karren hatten ihre Spuren in ihn hineingeprägt. Auch frische Hufabdrücke waren zu erkennen, die von dem Pferd stammen konnten, auf dem Bruder Thomas ritt. Als Elias und Lando warme Pferdeäpfel zwischen den Abdrücken fanden, nickten sie sich schweigend zu. Solange er vor ihnen ritt, fühlten sie sich sicher, und sie prüften jedes Stück Wegstrecke, das vor ihnen lag.

Wälder und Felder wechselten sich ab und die Sonne sank hinter Wolken, die sich wie Schafwolle bauschten. Schließlich gabelte sich der Weg und sie knieten sich nieder, um die Spuren zu lesen. Bruder Thomas schien den Weg gewählt zu haben, der nach Osten führte, so entschieden sie sich für den nach Westen. Lando war sich sicher, dem hakennasigen Mönch ein Schnippchen geschlagen zu haben. Den dummen Pfaffen waren sie los und vor ihnen lag die ganze Welt. Gleich morgen würden sie Immeke zu den Windhöfen bringen und dann würden sich ihre Wege trennen. Elias würde an ein Klostertor klopfen, Lando selbst aber wollte ein neues Leben beginnen. Endlich frei wollte er sein und ein Fahrender werden, das hatte er auf dem Weg von Lübeck nach Ratzeburg beschlossen; vielleicht ein Gaukler, ein Bärenführer oder ein Seiltänzer. Eine dieser Künste würde wohl zu lernen sein. Es war ihm gleich, dass die Fahrenden kein Ansehen genossen und die Leute den Umgang mit ihnen mieden. Was wog schon schwerer als die Freiheit, die er erlangen würde? Bis zu den südlichen Meeren wollte er wandern, dorthin, wo die Gewürze herkamen und Feigen an den Bäumen wuchsen.

Kurz vor Sonnenuntergang entdeckten sie eine Ansammlung von Häusern. Hier könnten sie die Nacht verbringen. Sie nickten sich zu und eilten den Weg hinab, der zwischen geflochtenen Weidenzäunen hindurch ins Dorf führte. Doch als sie die ersten Häuser erreichten, hielt Lando inne. Etwas war seltsam. Es war zu still. Die Ansiedlung schien wie ausgestorben. Zwar waren die Gemüsegärten gepflegt und er sah auch ein paar Hühner im Gras herumpicken, doch kein Mensch war zu sehen, nicht einmal Kinder.

Lando zögerte weiterzugehen. Vielleicht hatte eine Seuche das Dorf leergefegt. Ob der Schwarze Tod erneut über das Land gekommen war? Doch dann müssten Erkrankte und Tote in den Bauernhäusern liegen und ein fauliger Geruch würde durch die Gassen wehen, wie damals, vor fünf Jahren, als die Pest das letzte Mal in Lübeck gewütet hatte. Entsetzlich war es gewesen. Wie Fliegen waren die Menschen gestorben. Die Pest hatte so viele Bürger Lübecks dahingerafft, dass Häuser und Werkstätten leer standen und die Toten in riesenhaften Gruben gestapelt werden mussten.

»Warum stehst du hier wie angewurzelt herum, Lando

Bäckersohn?« Elias rempelte ihn an und zog an ihm vorbei. Neben ihm schritt Immeke, die sich gar nicht erst nach ihm umblickte. Lando heftete sich an ihre Fersen. Sollte in diesem Dorf eine Seuche wüten, so wollte er das keinesfalls allein entdecken.

Sie passierten niedrige, strohgedeckte Lehmhäuser, deren Türen offen standen. Ein Rechen lag quer über dem Weg, als hätte ihn jemand in wilder Hast fallen gelassen. Ein Hund, der in einem der Gärten an einen Baum gebunden war, kläffte ihnen wütend hinterher.

Der zerfurchte Weg führte sie um zwei Biegungen auf die Mitte des Dorfes zu. Lando hörte Geschrei und dann ein Schluchzen. Der Novize war stehengeblieben. Seine Stirn legte sich in Falten.

Das verfluchte Dorf konnte ihm gestohlen bleiben! Lando machte auf dem Absatz kehrt und wollte gerade davonstürzen, als Elias ihn an der Schulter packte.

»Wo willst du hin?«

»Weg!«, brüllte Lando und schlug seine Hand weg. »Hier ist irgendetwas geschehen, von dem ich nichts, und zwar gar nichts wissen will. Lass uns weiterziehen und einen großen Bogen um dieses Pestdorf machen.« Lando griff nach seinem Unterarm und versuchte, ihn mit sich zu ziehen, doch Elias schüttelte ihn ab wie Ungeziefer.

»Sei kein Feigling«, knurrte Elias. »Lass uns nachsehen, ob wir den Bauern hier helfen können.«

»Helfen?« Lando schüttelte den Kopf. »Gegen die Pest kann einem keiner helfen!« Sollte Elias doch den Heiligen spielen. Er jedenfalls würde sich davonmachen.

»Lando Hasenherz solltest du heißen«, fauchte Elias

und spuckte vor ihm aus. »Tu was du willst. Ich werde jedenfalls gehen.«

Lando Hasenherz? So wollte er sich nicht nennen lassen, schon gar nicht vor Immeke, die schweigend von einem zum anderen blickte.

»Nun gut«, murmelte er. »Einer muss dir ja zur Seite springen, solltest du in Gefahr geraten.«

Elias lächelte spöttisch.

Zögernd ging Lando weiter. Immer wieder versicherte er sich, dass Elias und Immeke neben ihm schritten. Das Geschrei wurde lauter. Eine männliche Stimme überschlug sich. Frauen wimmerten. Männer klagten. Kinder weinten. Nach der letzten Wegbiegung erblickten sie den Dorfanger, eine rund angelegte Wiese, in dessen Mitte eine mächtige Eiche stand. Der Platz war angefüllt mit Menschen. Manche waren auf die Knie gefallen und beteten. Andere stützten sich gegenseitig, als seien sie in größter Verzweiflung. Sie umringten einen knochigen Wanderprediger, der sie um Armeslänge überragte. Er war es, der lauter als alle schrie und dabei wild und hektisch gestikulierte.

Die Bauersleute schienen Lando und seine Gefährten nicht zu bemerken, auch nicht, als sich diese bis nach ganz vorne drängelten. Lando sah schmutzstarrende Füße, die auf einer Holzkiste standen. Die dürren Beine des Predigers wurden von einer fadenscheinigen Kutte umschlackert. Er riss seinen Mund weit auf, als er das Wort »Verdammnis!« in die Menge schleuderte. »Ewige Verdammnis über euch und eure Kinder, bis in das siebente Glied. Die Pest war nur ein Vorbote des Unheils, das über euch kommen wird. Bei lebendigem Leibe werdet ihr verfaulen. Maden werden sich in euren Eingeweiden winden und schwarze Beulen eure Körper überziehen. Eure Seelen aber werden in die Hölle geschleudert. Ich sage euch: Eure irdischen Leiden sind nichts gegen das, was euch dort erwartet. Dämonen werden euch in den lodernden Flammen rösten. Die Augen werden euch ausgestochen und Pfähle werden durch eure lasterhaften Leiber getrieben. Niemand kann den teuflischen Qualen entrinnen, es sei denn ...« Er verstummte, wickelte sich seinen dünnen Bart um den Zeigefinger und blickte sich um. Kein Wimmern, kein Schluchzer war mehr zu hören. Alle schienen darauf zu lauschen, auf welche Weise sie sich davor retten könnten, in den Pfuhl der Hölle geworfen zu werden.

Der Prediger legte seine Hände mit den Handflächen aufeinander und lächelte, als wollte er ihnen süßen Mandelkuchen feilbieten. Mit honigsanfter Stimme fuhr er fort. »Es sei denn, ihr widmet euer Leben dem heiligen Gott, seinem eingeborenen Sohn und dem Heiligen Geist. Amen.« Er bekreuzigte sich und erhob seinen Blick zum Himmel.

Alle taten es ihm gleich, und es hätte Lando nicht gewundert, wenn die Wolken gewichen und scharenweise Engel erschienen wären, um zu seinen Worten heftig zu nicken. Als die Wolken jedoch keinen Zoll zur Seite rückten und bis auf ein paar Krähen rein gar nichts zu sehen war, wandten sich die Zuhörer voller Erwartung erneut dem Prediger zu. Dessen Augen flackerten und seine hohlen Wangen blähten sich auf. Er breitete seine

Arme über ihnen aus und rief: »Widmet eure Leben Gott, dem Allmächtigen. Gehet hin und bereuet. Kehret um. Werfet eitlen Kopfputz ins Feuer, werfet auch die Werkzeuge des Satans, als da sind Würfel, Brettspiele und Karten, in die reinigenden Flammen. Lasset sie brennen, eure Sünden, auf dass ihr nicht gebrannt werdet. Das Größte und Edelste aber wäre, es mir gleichzutun. Die wenigsten jedoch werden dafür genug Opferbereitschaft aufbringen.« Er seufzte und legte seine rechte Hand auf die Brust. »Unser geliebter Jesus sprach zu einem, der das ewige Leben ererben wollte: Geh hin, verkaufe alles, was du hast, und gib es den Armen, so wirst du einen Schatz im Himmel haben. Komm und folge mir nach. Das ist es, ihr elenden Sünder, was Christus von euch will: Dass ihr ihm nachfolgt. Verlasst, was euch bindet. Werdet zu einem Jünger Jesu und verkündet seine Heilslehre. Nur so ist euch ein Platz im Himmel gewiss.« Ein Raunen ging durch die Menge. Wieder begannen manche zu schluchzen. Mit Augen, die gereizt zum Himmel blickten, fuhr der Wanderprediger fort: »Wer dazu nicht Manns genug ist und meint, er könnte Haus, Weib und Kinder keinesfalls verlassen, begebe sich zumindest auf eine Wallfahrt und erlange auf diese Weise die Vergebung seiner Sünden.«

Ein Bauer, der neben Lando stand und sich schwer auf eine Mistgabel stützte, schüttelte den Kopf.

»Unsereins kann sich doch nicht einfach, so mir nichts dir nichts, auf Wallfahrt begeben«, grummelte er. »Wer soll sich dann um die Aussaat kümmern? Einsperren sollte man den!« Er wandte sich ab, stapfte davon und verschwand in einem der strohgedeckten Lehmhäuser. Lando wandte sich wieder dem Prediger zu. Der hob seine Arme. Das Gemurmel um Lando herum erstarb.

»Einen weiteren Weg, der in das Himmelreich führt, will ich euch nicht verschweigen.« Er zog eine Peitsche mit drei ledernen Riemen aus seinem Gürtel und hielt sie hoch. Mit Schaudern sah Lando, dass an die Enden der Riemen Nägel geknotet waren. Der Prediger riss sich die Kutte vom Leib und stand nur noch in gräulichen Leintüchern, die er sich um die Hüfte geschlungen hatte, vor ihnen. Sein knochiger Körper war von Striemen und Narben überzogen.

»Er ist ein Flagellant«, raunte Elias in Landos Ohr.

»Ein Flagellant?«, wiederholte Lando. Seine Mutter hatte ihm von ihnen erzählt. Während der Pestzeiten waren sie haufenweise durch das Land gezogen und hatten verkündet, die Pest sei eine Strafe Gottes. Sein Zorn könne nur besänftigt werden, indem man litt und den allmächtigen Gott um Vergebung anflehte. Sie waren paarweise in langen Prozessionen durch die Straßen geschritten, hatten Buß- und Klagelieder gesungen, von Zeit zu Zeit nach ihren Peitschen gegriffen und sich bis aufs Blut gegeißelt. Doch der Papst hatte sie verboten.

Gebannt sah Lando zu, wie der Geißelbruder seine Hand hob und die Peitsche auf seinen Rücken niedersausen ließ. Ein anerkennendes Gemurmel war zu hören, nur Immeke schlug sich die Hände vors Gesicht und schluchzte. Der Bußprediger schwenkte die Peitsche durch die Luft und rief mit Grabesstimme: »Gottes Zorn wir müssen büßen, unser Blut darob vergießen!« Wieder ließ er die Riemen auf seine Haut sausen. Er seufzte und ließ sich auf die Knie fallen. Lando reckte seinen Hals und bestaunte die aufgeplatzte Haut, aus der bereits Blut quoll. Ihn schauderte.

»Tretet herzu, wer büßen wolle, Luzifer ist ein böser Geselle!«, schrie der Geißler ihnen zu und blickte mit wild flackernden Augen um sich. Die Bauersleute wichen ein Stück zurück. Auch Lando tat zur Vorsicht einen Schritt nach hinten. Niemand trat vor, um es dem Buß-prediger gleichzutun. Aber der schien die Menschen um sich herum ohnehin vergessen zu haben. Er schlug und seufzte und peitschte und ächzte, bis er das Bewusst-sein verlor und zur Seite kippte. Dort lag er, die Geißel noch in der Hand, mit blutigem Rücken, auf den sich Scharen von Fliegen setzten. Als nichts weiter geschah, löste sich der Pulk auf. Die Bauersleute wandten sich schweigend ab und gingen davon. Kinder tanzten um den Prediger herum und taten so, als hätten sie Peitschen in der Hand, die sie sich unter qualvollem Gestöhne über die Rücken zogen. Einige von ihnen fielen wie der Geißler auf die Knie, ächzten und jammerten, reckten ihre Hände zum Himmel und ließen sich dann unter dramatischen Gebärden wie tot ins Gras fallen. Elias stand vor dem gekrümmten Leib des Wanderpredigers und starrte gebannt auf den geschundenen Rücken.

»Warte hier«, sagte Lando zu ihm. »Ich werde uns et-was zu essen erstehen.« Er wählte das Haus, in das der Bauer neben ihm verschwunden war. Vielleicht konnte er ihm auch ein paar alte Kleider abkaufen, die nicht nach Kloake stanken.

Er drückte die angelehnte Tür auf. Karges Licht fiel in die Stube. Der Bauer saß gebeugt an einem grob gezimmerten Holztisch und strich sich grübelnd den Bart.

»Bauer«, sagte Lando und trat ein. Erschrocken riss der den Kopf hoch und starrte ihn an.

»Wer bist du?«, fragte er und fuhr sich durch sein dichtes, graues Haar. »Was willst du von mir?«

»Ich will Brot von dir kaufen und um ein Nachtlager für mich und …« Noch bevor Lando den Satz beenden konnte, stürzten Elias und Immeke in die Stube.

»Bruder Thomas«, keuchte der Novize. »Dort draußen!«

»Verdammt!«, fluchte Lando. »Wie kommt er hierher? Hat er euch gesehen?«

»Ich glaube nicht … das heißt, ich bin mir nicht sicher … vielleicht doch. Wir müssen uns irgendwo verstecken.« Gehetzt blickte Elias sich um.

»Lass mich sehen!« Lando schob ihn beiseite und öffnete die Tür einen kleinen Spalt. Er sah, wie Bruder Thomas dem Wanderprediger auf die Beine half und die zerlumpte Kutte reichte. Dann warf er seinen Reisemantel ab, schälte sich aus Kettenhemd und Wams und zerrte sich sein Untergewand hinab bis zum Gürtel. Er beugte sich nieder und ließ den Bußprediger seinen Rücken betrachten. Kinder scharten sich um sie und reckten ihre Hälse.

Elias trat neben Lando. »Er ist ebenfalls ein Geißelbruder«, sagte er bitter. »Sein Rücken und seine Schultern sind übersät mit Narben und frischen Wunden.« Er schwieg und schien über etwas nachzudenken. Dann fuhr er fort: »Er hasst mich, weil ich entdeckte, wie er sich in seiner Zelle geißelte. Ich sagte es Bruder David und der gab es an den Abt weiter.«

»Deshalb also verfolgt er dich«, flüsterte Lando.

Elias presste die Lippen aufeinander und nickte. Lando wandte sich zu dem Bauern um. »Kannst du uns in deinem Haus verstecken, bis der Mann dort draußen weitergezogen ist?«

Der Bauer schüttelte den Kopf. »Wir haben nur diesen einen Raum. Wie ihr seht, leben wir hier mit unseren Tieren zusammen.« Er wies auf die gegenüberliegende Seite des Raumes, wo in einem Pferch eine Ziege und eine Kuh standen. »Ich wüsste nicht, wo ihr euch hier verbergen könntet.«

»Dann sag uns rasch, wo die Windhöfe sind!«, rief Immeke. »Ist es noch weit bis dorthin?«

»Ja, ja, geht zur alten Martha.« Er nickte heftig. »Sie wohnt allein dort oben und nimmt alles und jeden auf, der sich dorthin verirrt, sei es Mensch oder Tier. Sie ist ein bisschen wirr im Kopf, seit die Pest grausam gewütet und alle drei Windhäuser leergefegt hat, doch hat sie ein gutes Herz. Bringt ihr einen Gruß von Ulrich Flödt.«

»Leergefegt«, wiederholte Immeke und starrte ihn an. »Von der Pest?«

»Ich danke dir, Bauer«, sagte Lando. »Wir nehmen wohl besser die Hintertür.« Er warf einen letzten Blick auf den Anger. Bruder Thomas und der Prediger unterhielten sich lebhaft. Sie glichen sich wie zwei Brüder. Beide waren hochgewachsen und hager und ihre Hakennasen ragten aus den asketischen Gesichtern hervor.

Noch immer wurden sie von Kindern umtanzt, die sich mit unsichtbaren Peitschen geißelten und sich dann mit hochgerissenen Armen ins Gras fallen ließen. Während der Wanderprediger mit wedelnden Handbewegungen versuchte, sie zu verscheuchen, packte Bruder Thomas einen kräftigen Jungen im leinenen Kittel. Er schüttelte ihn und redete auf ihn ein. Der Junge zog den Kopf zwischen die Schultern und wies mit einer Hand in ihre Richtung.

»Verflucht!«, zischte Lando. »Komm, Elias! Immeke, du kannst hier warten, bis die Gefahr vorüber ist. Dich jagt er nicht. Wir holen dich später.«

»Ich will hier nicht warten!«, rief Immeke. »Ich will jetzt hinauf zu den Windhöfen. Schließlich ist Martha meine Muhme!«

Der Bauer öffnete die Hintertür und zeigte ihnen einen Weg, der ostwärts in einen Wald führte.

»Dort müsst ihr lang«, sagte er. »Der Weg leitet euch direkt auf den Windberg. Doch hütet euch vor dem Wald! Dort geht es nicht mit rechten Dingen zu.« Er blickte sich ängstlich um, dann wisperte er: »Unheimliches treibt sich herum. Schreckliche Dinge geschehen. Tiere werden toll und bissig. Sie wollen töten. Eilt euch!« Mit diesen Worten schob er sie hinaus und schlug die Brettertür hinter ihnen zu.

16

Elias hörte das Keuchen seiner Gefährten hinter sich. Sie jagten den Weg hinauf, den Ulrich Flödt ihnen gewiesen hatte. Er sah kurz über seine Schulter. Sie hatten das Dorf hinter sich gelassen. Von Bruder Thomas war noch nichts zu sehen. Gleich würden sie den Wald erreichen, der zumindest ein wenig Schutz bot.

Elias hustete. Seine Lungen brannten und die Beine wurden ihm schwer wie Blei. Doch die nackte Angst vor Bruder Thomas' Dolch trieb ihn vorwärts. Ein hohler Klang, der nur von den Hufen eines galoppierenden Pferdes stammen konnte, ließ ihn zusammenfahren. Sein Herz setzte einen Schlag aus.

»Dort hinein!«, schrie Lando. Er und Immeke hatten aufgeholt. Sie durchbrachen den Saum des Waldes. Das dichte Gestrüpp, durch das sie sich kämpften, könnte ihren Verfolger vom Pferd reißen. Mit etwas Glück brach sich der verfluchte Geißler das Genick.

Lando und Immeke zogen an Elias vorbei. Im wilden Zickzack suchten sie sich ihren Weg durch Geäst und Brombeerranken. Elias warf einen weiteren Blick zurück. Vor dem Waldsaum schwang sich ein Mann mit bloßem Oberkörper von seinem Pferd und stürzte ihnen nach. Heilige Mutter Gottes! Dort, direkt vor ihnen, ein Bachlauf. Lando und Immeke sprangen. Elias stieß sich ab. Ranken hatten sich um sein Bein gelegt, ließen ihn straucheln. Ein Sturz, ein Schrei. Er selbst hatte ihn ausgestoßen. Die Beine sackten unter ihm weg. Er zog

sich weiter. Weg von dem Mönch. Versuchte sich aufzurappeln, doch die Beine wollten ihn nicht tragen. Da
kam mit Wucht ein Schmerz und zog ihn in ein schwarzes Nichts.

Lando wirbelte herum. Der Novize hatte geschrien. Er
war zu Boden gestürzt. Dort lag er jetzt mit schmerzverzerrtem Gesicht. Sein Sprung über den Bachlauf war
missglückt. Immeke lief zurück und kniete sich neben
ihn.

Wir müssen ohne ihn fliehen, schoss es Lando durch
den Kopf. Der Mönch will nur Elias, der ihn verraten
hat. Ich hingegen, ein einfacher Bäckersohn, bin ihm
völlig gleich, und Immeke kennt er nicht einmal. Uns
würde er entkommen lassen, solange er den Novizen in
die Finger bekam. Lando wollte Immeke herbeiwinken
und sie rufen, doch da hörte er ein unheilvolles Knurren.
Bruder Thomas war auf zehn Schritt herangekommen
und zog seinen Dolch aus dem Gürtel.

»Gott hat mich erhört«, hauchte er. Sein Gesicht verzog sich zu einem schadenfrohen Grinsen. »Er hat diesen
verfluchten Novizen zu Fall gebracht, damit ich das mit
ihm tun kann, was Er mir befohlen hat. Das Leben des
Novizen ist nichts wert. Er stellt sich gegen das, was Gott
von uns verlangt. Er stellt sich gegen Gottes heiligen
Willen.« Bruder Thomas hob den Dolch und näherte
sich Elias. Der schrak hoch und riss die Augen auf. Er
keuchte. Bruder Thomas lachte heiser.

»Dachtest wohl, du könntest mir entkommen? Gott
ist auf meiner Seite. Er war es schon immer, nur wissen

es so verstockte Narren wie Bruder David und der Abt nicht. Sie haben Gottes Worte nicht erhört. Stellen sich uns in den Weg. Doch wir sind viele. Sehr viele. Und wir büßen selbstlos für die Sünden der Menschheit.« In seinen Augen flackerte der Wahnsinn. Lando wich zurück. Der Geißler war nur noch einen Schritt von Elias entfernt. Wieder ein Knurren, diesmal erschreckend laut und gefährlich. Stieß der Mönch diese Laute in seinem Irrsinn aus? Da blickte Bruder Thomas sich um. Diesen Augenblick nutzte Lando. Er bückte sich nach einem spitzen Ast, nahm ihn fest in die Hand und richtete ihn wie ein Speer auf die nackte Brust des Mönches. Bruder Thomas handelte pfeilschnell. Er griff nach dem Ast und schleuderte ihn herum, sodass Lando in das trockene Laub flog. Dabei entglitt dem Mönch der Dolch. Lando robbte darauf zu, als ihn ein Stiefel im Gesicht traf. Heißer Schmerz entflammte. Lando ächzte und schluchzte. Dennoch versuchte er zu erfassen, was um ihn herum geschah. Wie einen Schattenriss nahm er Bruder Thomas wahr, der sich mit gezücktem Dolch über Elias beugte. Immeke, die noch im Laub hockte, schlug die Hände vors Gesicht und schluchzte.

»Nein«, wimmerte Elias. »Dies kann nicht Gottes Willen sein.«

»Er will Blut sehen«, raunte Bruder Thomas. »Ja, das will er. Wir, die für die Sünden der Menschheit büßen, uns geißeln und unsere Rücken zu Ehren Gottes zerfleischen, werden als Märtyrer in das Reich Gottes eingehen. Nur wir.«

»Das werdet Ihr nicht!«, schleuderte Lando ihm entgegen. »Als Mörder werdet Ihr geradewegs zur Hölle fahren.«

Bruder Thomas wandte sich ihm zu. »Was willst du schon wissen, du Sohn eines Bäckers.« Er spuckte vor Lando aus.

»Dort, ein Wolf!«, schrie Immeke auf und deutete in Bruder Thomas' Richtung.

»Ha!« Der Mönch lachte auf. »Ich bin doch kein Dummkopf. So leicht lasse ich mich nicht täuschen.« Ein entsetzliches Knurren ließ ihn herumfahren. Am Fuße einer Eiche lauerte ein Wolf. Mager und zerzaust war er. Weißer Schaum stand ihm vor dem Maul. Sein Nackenhaar sträubte sich. Er stieß sich ab und sprang in großen Sätzen auf Bruder Thomas zu. Schreiend riss der Mönch die Arme hoch. Das Untier warf ihn zu Boden. Lando hechtete zu Elias und zerrte ihn hoch. Der Novize schrie.

»Komm!«, brüllte Lando. Es ging nicht. Er konnte ihn nicht allein hier zurücklassen. »Wir müssen weg! Hilf mir, Immeke. Rasch!« Sie sprang auf die Füße und packte den Verletzten am Oberarm.

»Ich kann nicht«, jammerte Elias.

Sie zogen Elias hoch. Sein linkes Bein hing seltsam verdreht. Grässliche Geräusche begleiteten Bruder Thomas' Kampf mit dem Wolf. Der Mönch hielt seinen Dolch umklammert und versuchte, ihn in den grauen Körper zu rammen. Landos Blick hastete weiter. Er musste einen Baum finden, der sich so leicht erklettern ließ, dass sie Elias mit sich hochziehen konnten. Doch nein, das war unmöglich. Elias war zu schwer. Der Wolf würde sie anfallen. Sie mussten das Weite suchen, durften keine Zeit mehr vergeuden. Lando rang mit sich. Wem nützte es, wenn der Wolf sie allesamt zerriss? Besser zwei gerettete Leben als keines. Er war drauf und dran, den Novizen zurück in das Laub gleiten zu lassen, als Sonnenstrahlen durch das Geäst brachen. Im Unterholz glitzerte etwas. Wasser! Dort war ein Weiher. Er war winzig, dennoch könnte er ihre Rettung bedeuten. Lando packte Elias fester unter den Armen.

»Dort, zum Wasser!«, schrie er Immeke zu. Sie zerrten Elias durch dornige Ranken. Elias stöhnte vor Schmerz. Endlich erreichten sie das Ufer.

»Hinein!«, schrie Lando. Sie rissen Elias mit sich und versanken in eisiger Kälte. Landos Füße stießen auf den Grund. Der Weiher war nicht tief. Sie konnten gerade stehen und Elias über Wasser halten. Der schlug um sich.

»Sei ruhig«, sagte Lando. »Wir ertrinken nicht.«

Elias hielt endlich still. Sein nasses Gesicht wirkte aschfahl. Lando spähte zu den Kämpfenden hinüber. Alles war voller Blut und Schaum.

»Wir müssen Steine nach dem Wolf werfen. Wir müssen ihn töten!«, rief Immeke. »Bitte. Ich kann es nicht ertragen, wenn ein Mensch zerfleischt wird.«

Oh, du Unselige, dachte Lando. Nun sollte er auch noch diesem verfluchten Mönch helfen! Er kämpfte sich zum Ufer, hielt gleichzeitig an seinem ausgestreckten Arm Elias über Wasser und griff sich den nächstbesten Stein. Mit aller Kraft schleuderte er ihn in Richtung des Wolfes. Gott musste seine Hand geführt haben, denn die Bestie jaulte laut. Sie ließ tatsächlich von Bruder Thomas ab, jedoch stürzte das Tier jetzt zu ihnen. Schaum flog.

»Wirklich klug ausgedacht«, fauchte Lando und ließ sich zurück in die Mitte des Weihers fallen. »Jetzt wird er uns zerfleischen statt Bruder Thomas.«

Knapp vor dem Ufer hielt der Wolf inne. Mit irrem Blick knurrte er sie an. Lando sah den Mönch fliehen. Er hinkte stark und sein Oberkörper war blutüberströmt. Das Untier fletschte seine spitzen Zähne. Das Fell sträubte sich. Immer mehr Schaum quoll ihm aus dem Maul. Es näherte sich und biss in die Luft. Lando und Immeke zogen Elias mit sich in die Mitte des Weihers. Wenn sich der Wolf in das Wasser wagte, bedeutete dies ihr Ende. Lando wurde speiübel vor Angst und das Atmen schmerzte wie Messerstiche.

Zögernd setzte der Wolf eine Pfote in das dunkle Nass. Er winselte kläglich wie ein junger Hund und sprang zurück. Es schien, als besäße das Wasser des Weihers eine magische Macht, die ihm das Fell versengte. Lando schlug mit seiner flachen Hand kräftig auf die Wasseroberfläche und ließ Tröpfchen über das Tier regnen. Der Wolf jaulte laut, warf sich herum und ergriff die Flucht. In langen Sätzen floh er in die Richtung, in die Bruder Thomas gehumpelt war.

Immeke strich sich nasse Haarsträhnen aus dem Gesicht. »Hoffentlich reicht sein Vorsprung«, sagte sie. »So zu sterben muss furchtbar sein.«

17

Bruder Thomas schleppte sich durchs Dickicht. Seine Stiefel sanken tief in das Laub. Zweige schlugen ihm ins Gesicht. Er wusste nicht, warum der Wolf von ihm abgelassen hatte, doch letztlich spielte es keine Rolle. Es ging allein darum, so viel Abstand zwischen sich und das Untier zu bringen, als seine Kräfte zuließen. Den Weg zum Waldsaum hatte er verfehlt. Dort graste sein Pferd. Kopflos war er davongerannt, ohne den Weg zurück zu finden. Das war über die Maßen ärgerlich, auf dem Pferde hätte er mit Leichtigkeit fliehen können.

Der Wolf. Das Tier. Es war aus dem Unterholz gebrochen, als er, der Diener Gottes, im Begriff gewesen war, den Verräter zu töten. Der Antichrist selbst musste die Bestie ausgeschickt haben, die Sünder zu schützen und die Unschuldigen zu jagen. Doch das Blatt hatte sich rasch gewendet. Der graue Dämon, dieser Sklave Satans, hatte sich gegen die Feinde des Herrn gewandt. Nur Gott selbst konnte dieses Wunder vollbracht haben.

Bruder Thomas fiel auf die Knie und legte seinen Kopf in den Nacken. Seine Hände schloss er um den Schaft des Dolches und streckte die Spitze dem Himmel entgegen. Mit bebender Stimme schwor er, die verfluchten Ketzer im Namen des Herrn in die Hölle zu stoßen. Da hörte er das Laub hinter sich rascheln, ein Hecheln, ein Knurren. Er fuhr herum. Der Wolf sprang ihn an und verbiss sich in seinem Arm. Der Mönch stürzte rücklings zu Boden. In der Rechten hielt er noch den Dolch. Der

Schmerz machte ihn rasend. Er schrie und stieß zu. Die Klinge bohrte sich durch das struppige Fell in die Brust des Tieres. Es jaulte und brach über ihm zusammen.

»Errettet«, keuchte Bruder Thomas und rollte sich unter dem sterbenden Wolf weg. »Gepriesen sei der Herr.«

18

Immeke führte das Pferd. Bruder Thomas hatte es am Waldrand zurückgelassen. Elias hing quer über dem Sattel und Lando stützte und hielt ihn, so gut es ging. Sie mied es, das verdrehte Bein des Novizen anzusehen. Es war fleckig violett und sah grauenvoll aus. Schon der Gedanke daran ließ sie würgen. Mit Ungeduld blickte Immeke voraus. Wann endlich würden die Häuser auf dem Windberg auftauchen? Sie sehnte sich nach Lehmwänden, die sie vor der Wolfsbestie und allem Bösen schützten. Sie lauschte auf die Geräusche des Waldes, womöglich ein Knurren oder ein heiseres Heulen. Jeden Augenblick könnte das Untier aus dem Gebüsch brechen und sie anfallen.

Der Wald öffnete sich und machte verwilderten Grasflächen und zerfallenen Weidezäunen Platz. Immeke bekreuzigte sich, als sie an einer Ansammlung hölzerner Grabmale vorbeikamen, an großen und kleinen. Um ein Haar wären auch sie im Reich der Toten gewesen.

Weiter vorne auf einer Anhöhe entdeckte sie endlich strohgedeckte Dächer. Sie trieb das Pferd an und es fiel in einen leichten Trab. Elias stöhnte auf.

Die drei Häuser des Windhofes drängten sich so dicht aneinander, als würden sie sich fürchten. Auf dem Hof wimmelte es von Katzen, Hühnern und Gänsen. Ein Schwein lag im Schlamm und blickte ihnen gleichmütig entgegen.

Immeke führte das Pferd bis dicht vor das mittlere Haus. Der Bäckersohn pochte an die Tür. Als niemand öffnete, stieß er sie auf. Immeke folgte ihm ins Innere.

»Heda!«, rief Lando. »Ist einer zu Hause?«

Nichts regte sich, nur Hühner, die auf dem gestampften Lehmboden herumpickten, gackerten leise vor sich hin. Unzählige Katzen hockten wie versteinert in den Winkeln und beobachteten sie aus starren Augen. Eine leichte Bewegung vor der offenen Herdstelle ließ sie zusammenfahren, doch war es nur eine Ziege, die ihren Kopf nach hinten bog und sich mit ihren Hörnern die Seite rieb. Immeke erblickte einen grobgezimmerten Tisch mit runden Vertiefungen für Brei, eine Bank, mehrere Hocker, zwei Truhen.

Wo mochte ihre Muhme Martha sein? Und wo all die anderen? Ihr Oheim, ihre Vettern und Basen? Hatte die Pest sie wahrhaftig alle hinweggerafft?

Als sie Strohsäcke und Decken auf dem Boden entdeckten, nickten sie sich zu und traten wieder ins Freie, um den Novizen vom Pferd zu heben.

Wie tot lag Elias auf dem Rücken des Pferdes. Seine Arme baumelten schlaff und sein Gesicht war weiß wie Kreide. Immeke legte ihm eine Hand auf den Rücken und flüsterte: »Wach auf, Novize. Wir haben ein Lager für dich gefunden.« Sie schüttelte ihn leicht. Mit einem Ächzen richtete Elias sich auf. Lando und sie packten ihn unter den Schultern und zogen ihn vom Sattel. Er war so schwer, dass Immeke meinte, ihr Rücken würde durchbrechen.

Als sie Elias auf den Strohsack gebettet und schmutzige

Decken über ihn geworfen hatten, machte Immeke sich auf die Suche nach der alten Martha. Sie hoffte so sehr, dass sie noch lebte, dass sie Immeke als die Tochter ihrer Schwester erkennen und in die Arme nehmen würde.

Als sie neben dem Bäckersohn über den Hof schritt, überrollten sie erneut Wellen der Angst. Würde die Bestie, die sich auf Bruder Thomas gestürzt hatte, auch zu den Windhöfen kommen? Waren sie hier sicher?

Die Tür des nächsten Hauses war nur angelehnt. Sie betraten einen dunklen Raum. Hühner stoben zur Seite. Eine Gans kam unter einem Tisch hervor, schlug kräftig ihre Flügel und zischte. Auch hier tummelten sich Katzen. Zwei graue Tauben saßen auf einem Tisch und plierten sie mit schief gelegten Köpfen an.

»Lucia, mein Engel, reich mir die Schöpfkelle.«

Immeke fuhr zusammen. Erst jetzt erblickte sie eine Frau, die sich an der gegenüberliegenden Wand über einen Kessel beugte, unter dem das Herdfeuer längst erloschen zu sein schien.

»Danke, Lucia, mein gutes Kind«, murmelte sie und schöpfte etwas in eine hölzerne Schüssel. Immeke sah sich verwirrt um, doch niemand, der Lucia heißen konnte, befand sich mit ihnen in der Stube. Mit wem sprach sie? Mit einem der Tiere? Vielleicht trug eine der Katzen diesen Namen?

»Was sagst du, mein Engelchen?« Die Frau drehte sich zu ihnen um. Ihre hellblauen Augen blickten wässrig aus dem alten Gesicht. Sie wandte sich wieder dem Kessel zu und schöpfte weiter.

»Bist du meine Muhme Martha?«, fragte Immeke. »Die Schwester meiner Mutter, die Els genannt wurde?«

»Sind noch so jung, der Bursche und das Mädchen«, sagte Martha leise, schlurfte mit der gefüllten Schüssel zum Tisch und stellte sie darauf ab. »Iss, Lucia. Lass dein Mahl nicht erkalten.« Augenblicklich setzten sich die Tauben auf den Rand der Schüssel und pickten nach dem Inhalt, was auch immer es war. Martha strich sich eine schlohweiße Strähne aus dem Gesicht, die sich aus ihrem Zopf gelöst hatte, murmelte Unverständliches und kehrte zum Kessel zurück.

Bei allen Heiligen, dachte Immeke, was war mit ihrer Muhme geschehen? War ihr Geist denn vollkommen zerrüttet?

Lando ging um den Tisch herum auf die Frau zu, die schon wieder in dem kalten Kessel rührte. »Martha«, flehte er. »Mein Gefährte ist verletzt. Bitte hilf uns.«

Martha schien ihn nicht zu hören. Sie brabbelte nur weiterhin ihr sinnloses Zeug.

»Bitte.« Er griff nach ihrem Arm. »Ein junger Bursche. Er ist verletzt.«

Sie hielt inne.

»Söhnchen«, sagte sie leise und wandte sich zu Lando um. »Das Söhnchen ist krank.« Ihre Augen blickten ihn von weit her an.

Lando zog sie mit sich auf den Hof und in das mittlere Haus hinein. Immeke folgte. Martha hob abwehrend die Hände.

»Ist nicht unser Haus«, sagte sie. »Ist Jossers Haus. Gehört einem Taugenichts, der nicht einmal Kinder zustande bringt.« Sie fluchte leise.

Immeke schauderte. Josser war der Bruder Marthas und ihrer Mutter gewesen. Ihr Oheim. War auch er an der Pest gestorben?

Lando ließ ihren Arm nicht los, bis sie vor dem Strohsack standen, auf dem Elias litt. Wimmernd wälzte er sich hin und her. Sein Haar war verklebt von Schweiß und Tränen. Lando schlug die Decken zur Seite und wies auf den verdrehten Fuß. Martha schlug ihre Hände zusammen.

»Bei der heiligen Mutter Frija«, rief sie. »Das Bein ist gebrochen. Sag Josser, er soll mir ein Messer bringen!«

Was in Gottes Namen hat sie mit dem Messer vor?, dachte Immeke voller Entsetzen. Will sie sein Bein aufschneiden? Sie blickte sich nach Josser um. Lebte er doch noch? Doch ihr Oheim war nirgendwo zu sehen, nur Hühner gluckten, die Ziege, die noch immer vor der offenen Herdstelle verharrte, meckerte leise, und eine der Katzen schmiegte sich an Marthas zerschlissenes Kleid.

Immeke watete durch verschmutztes Stroh, das den gestampften Lehmboden zum Teil bedeckte. Erst jetzt nahm sie wahr, wie übel es roch. Die Hinterlassenschaften der Tiere, vergammelte Essensreste und das verschimmelte Stroh vermischten sich zu einem Gestank, der sie fast umwarf.

»Josser«, rief sie und lauschte, ob sie Antwort erhielt. »Oheim?«

»Seltsames Mädchen«, murmelte Martha und schüttelte den Kopf. »Steht Josser dort neben ihr und sie merkt es nicht.«

Immeke fuhr herum. Da war niemand, nur die Tiere.

»Wo ist Josser?«, wagte sie zu fragen, während ihr Blick noch immer durch den Raum huschte.

»Dort ist mein Bruder, dieser Taugenichts.« Ihr Ton wurde scharf. »Josser! Gib dem Mädchen das Messer.«

Immeke wich zurück. Bei allen Heiligen! Mit wem sprach sie? In diesem Augenblick entdeckte sie auf dem staubigen Tisch das Messer. Es steckte in dem rohen Holz, und es wunderte sie, es nicht längst entdeckt zu haben. Erleichtert zog sie es heraus und reichte es der alten Martha. Die grunzte, nahm das Messer in ihre rechte Hand und ergriff mit der linken Elias' Bein. Was hatte dieses Weib vor? Wusste es, was es tat? Elias stöhnte. Immeke schlug die Hände vor ihren Mund. Sie sprang auf und stürzte aus der Kammer.

Lando sah gebannt, wie Martha das Messer ansetzte. Sie zerschnitt den Stoff der Kutte und schob ihn behutsam auseinander. Das Bein war verdreht, fleckig blau und an manchen Stellen stark geschwollen. Er fühlte Übelkeit in sich hochsteigen. Sachte streifte Martha den Stiefel vom Fuß. Elias schrie, fuhr hoch von seinem Lager und starrte die alte Frau an. Am liebsten wäre Lando wie Immeke aus der Kammer geflohen.

»Eine Hexe!«, wimmerte Elias. »Was macht die Hexe mit meinem Bein?«

»Beruhige dich!« Lando fasste ihn an der Schulter. »Es ist die alte Martha von den Windhöfen. Sie wird dir helfen.« Zwar war er sich da nicht so sicher, doch was blieb ihm übrig, als darauf zu hoffen?

Elias' Augen sogen sich an Lando fest.

»Rette mich!«, flüsterte er heiser.

»Friedrich«, sagte Martha und blickte ins Leere. »Nimm das Messer, geh hinaus und schneide vier kräftige und gerade gewachsene Weidenstecken für das Bürschchen.«

Lando hielt nach dem Angesprochenen Ausschau, doch da war niemand. So schickte er sich an, die Äste selbst zu schneiden.

Zurück in dem verwahrlosten Haus bat die alte Martha den vermeintlichen Friedrich, Elias' Fuß zu ergreifen und kräftig daran zu ziehen. Lando überwand sich, packte den Fuß und zog. Elias schrie gellend. Er strampelte und schlug um sich. Hilflos blickte Lando hoch zu Martha, doch sie bedeutete ihm, keinesfalls loszulassen. Sie begann, seltsame Worte vor sich hin zu murmeln, Worte, deren Sinn Lando nicht verstand. Sie tastete das Schienbein ab, drückte daran herum, schob und presste. Elias wimmerte und heulte. Endlich erschlaffte sein Körper. Gottlob, er hatte das Bewusstsein verloren.

»Schmerzbereiter, oh du Wundenverursacher«, sagte Martha beschwörend. »Weiche von ihm. Lass ab. Zittere vor Thor, dem Starken. O Thor. Komm herbei, du Mächtiger, und befreie das Bürschchen von den Kräften des Satans. Blut zu Blut. Knochen zu Knochen. Glied zu Glied. Vater unser im Himmel. Geheiligt werde dein Name.« Sie bekreuzigte sich und fuhr fort, das Vaterunser zu beten.

Lando erschauerte. Martha war eine alte Heidin, die

noch die alten Götter anbetete. Doch hatte er jetzt weder Zeit noch Kraft, darüber nachzudenken. Er tröstete sich damit, dass sie das Vaterunser sprach und damit gewiss alle Sündenworte ausglich.

Martha summte ein Lied und wickelte gräuliches Leinen um Elias' Bein, legte die Weidenstöcke als Schienen an und schlang auch um diese Tücher. Endlich durfte Lando den Fuß loslassen. Erschöpft ließ er sich auf einem Hocker nieder.

Elias war in einen unruhigen Schlaf gesunken. Jammernd zerwühlte er die grauen Decken. Der scharfe Geruch einer Salbe, die Martha aus einer schlichten Truhe geholt und ihm aufs Bein geschmiert hatte, durchwehte den Raum. Lando betrachtete das zu einem unförmigen Bündel verschnürte Bein und kratzte sich den Nacken. Warum hatte er all das für diesen hochmütigen Novizen getan, statt einfach seines Weges zu gehen und ihn seinem Schicksal zu überlassen? Doch fühlte er bei diesen Worten keinen Zorn in sich hochsteigen. Wie Elias so dalag, mit mondblassem Gesicht und verschwitzen Haaren, war er nur noch das Abbild des hochnäsigen Novizen, und Lando spürte allen Groll verfliegen wie Rauchwolken über einer Tonpfeife. Hoffentlich würde Elias die nächsten Tage und Nächte überstehen.

Martha streifte ziellos durch das Haus. Sie scheuchte Geister auf, die nur sie wahrnahm, erteilte ihnen widersprüchliche Befehle und beklagte sich über Schmutz und eine ungemolkene Ziege. Landos Augenlider wurden schwer. Er gähnte und kroch neben Elias. Im Halbschlaf nahm er wahr, wie auch Immeke zu ihnen unter die Decken schlüpfte.

»Ich bin so schrecklich müde und es ist kalt«, flüsterte sie und drehte ihnen den Rücken zu. Schon hörte er ihre tiefen Atemzüge.

Lando lag wie erstarrt neben ihr. Sie war ihm so nah, dass er ihre Wärme spürte. Ihm brausten die Ohren. Sein Herz geriet aus dem Takt und hämmerte so stark, dass er meinte, es könnte sie damit wecken.

19

Der Mönch erwachte aus einem Schlaf, der sich wie ein dumpfer, zäher Nebel auf ihn gewälzt hatte. Noch bevor er einen Gedanken fassen konnte, kam der Schmerz und ließ ihn ächzen. Er fühlte sich schwach und an Aufstehen war nicht zu denken. Sein linker Arm brannte wie Höllenfeuer.

Der Wolf. Bruder Thomas neigte seinen Kopf zur Seite. Dort lag das Tier auf blutigem Laub. Es hatte ihn angefallen. Erst der Dolch, den er zwischen die Rippen des Untieres bohrte, löste die grausam spitzen Zähne aus dem Fleische seines Oberarmes. Es hätte schlimmer kommen können. So hatte sich wieder einmal erwiesen, auf wessen Seite der Allmächtige stand und wer ihm wahrhaft diente. Der Herr schützte die Seinen, so wie jeder Kriegsherr es tat. Halleluja.

Der Mönch versuchte, sich liegend zu bekreuzigen, doch gelang es ihm nicht. Er musste noch ruhen und Kräfte sammeln. Die Wunden mussten heilen. Sobald er sich wieder erheben konnte, würde er auf sein Pferd steigen und die Ketzer jagen. Bis zurück nach Lübeck würde er sie peitschen. Und wenn es das Letzte war, was er auf Erden vollbrachte.

20

Immeke rieb sich den Schlaf aus den Augen und stemmte sich hoch. Lando und Elias lagen noch unter den Decken. Der Bäckersohn atmete ruhig und tief, doch der Novize wühlte, jammerte und stöhnte, misstrauisch beäugt von einer Ziege, die neben ihm stand und leise meckerte.

Immeke watete durch fauliges Stroh und Dreck und schob die Türe auf. Frische Morgenluft strömte herein und lockte sie ins Freie. Sie hielt Ausschau nach der alten Martha, doch erblickte sie nur Hühner, die im Schlamm nach Körnern pickten, ein Schwein, das döste, und Katzen überall.

Was nur war mit den Windhöfen geschehen? Ihre Mutter war hier aufgewachsen und geblieben, bis ein Handwerksbursche auf Wanderschaft um sie freite und sie mit zu sich nach Lübeck nahm. Immer wieder hatte Mutter ihr von den Windhöfen erzählt. In den drei Häusern hatte die Sippe gelebt und auf dem Hof geschafft. Es wimmelte von Kindern. Die umliegenden Felder ernährten sie und die Ställe waren voller Vieh. Es war ein hartes, aber ein gutes Leben. Und nun hatte der Schwarze Tod sie hinweggerafft, die Männer, Frauen und Kinder. Nur Muhme Martha hatte überlebt und war dann wohl vor Kummer und Gram toll geworden.

Immeke eilte zu einem der Häuser. Sie fürchtete sich vor dem Untier, dem Wolf, der sie am Abend angefallen hatte. Würde er den Wald verlassen und hier nach Beute suchen? Sie schüttelte sich. Die Bilder jagten ihr noch immer Schauer über den Rücken.

Ein Laut ließ sie zusammenschrecken, doch war es nur das Miauen eines rot-weißen Katers gewesen, der neben dem Eingang einen Buckel machte. Immeke lächelte.

»Hast du mir einen Schrecken eingejagt, alter Gesell.« Sie beugte sich hinunter und streckte ihm eine Hand zum Schnuppern hin. »Dabei hast du nur drei Beine und kannst wohl nicht mal Mäuse jagen, hm?« Sie kraulte ihn zwischen den Ohren. Das Tier schloss die Augen und neigte den Kopf. Immeke setzte sich auf eine hölzerne Bank neben der Tür und zog den Kater auf ihren Schoß. Der schnurrte und drückte seine Stirn gegen ihren Bauch. Immeke umschloss das Tier mit den Armen und versenkte einen Atemzug lang ihr Gesicht in seinem Fell.

»Weißt du was, alter Kater?«, flüsterte sie in sein Ohr. »Ich werde bleiben, jetzt, wo ich in dir einen Freund gefunden habe. Aber vor dem Wolf müssen wir uns schützen. Und ich weiß auch schon, auf welche Weise.« Sie würde einen Zaun aus Weiden flechten, der die Windhöfe umschließen sollte. Hoch würde er werden und reichlich gespickt mit angespitzten Stöcken, sodass kein Untier dieser Welt ihr noch schaden konnte. Erst dann war sie hier ganz und gar sicher.

Sie nahm den Kater auf den Arm und ging ins Haus.

»Josser, du Faulpelz!« Marthas kreischende Stimme ließ Lando hochfahren. »Bei Frija, der Himmelskönigin. Da verschläft er den Tag und lässt das Vieh hungern.« Sie stieß einen Fluch aus und verließ das Zimmer.

Elias schnarchte leise neben ihm. Lando überlegte, ob es Morgen- oder Abenddämmerung war, die grau durch die offen stehende Tür drang. Er schob die Decken beiseite und stemmte sich hoch. Ein kräftiger Windstoß fuhr durch das Haus und schlug die Tür zu. Eine Ziege meckerte und Hühner gackerten entrüstet.

Das Pferd!, durchfuhr es Lando. Bruder Thomas' Pferd. Sie hatten es gestern in der Aufregung um Elias' Bein auf dem Hof zurückgelassen, hatten vergessen, es abzuzäumen und zu versorgen. Ob es noch immer draußen stand und auf einen Menschen wartete, der es fütterte und tränkte? Oder war es davongaloppiert, zurück zu seinem Herrn?

Gedanken an Bruder Thomas drängten sich in seinen Kopf. Ob er den Angriff des Wolfes überlebt hatte? Würde der Mönch sie auf den Windhöfen aufspüren und das vollbringen, was ihm im Wald verwehrt worden war? Würde er kommen, um sie zu töten?

Lando fröstelte.

Als er auf den Hof trat, fuhr ihm eine Bö in die Haare und ließ sie wirbeln. Der Wind bog die Kronen hoher Eichen und umheulte die armseligen Häuser. Ein mächtiges Brausen erfüllte die Luft und ließ Lando an das graue Meer am Ende der Trave denken. Die schmutzigen Fluten des Flusses waren nur einen Katzensprung von dem Backhaus seines Vaters entfernt. Wie war es ihm ergangen, dem Bäckermeister Johan van Ehlen? Unheil. Wohin Lando seinen Fuß auch setzte, hinterließ er Unheil. Wofür strafte ihn der Allmächtige?

»Stiert in die Luft und stiehlt dem Herrgott die Zeit«,

grummelte die alte Martha. Sie war wie aus dem Nichts aufgetaucht. In ihrer Rechten hielt sie die Zügel des braunen Pferdes, das seinen Kopf hochwarf und wie zur Bekräftigung ihrer Worte laut schnaubte.

»Armer Gaul«, murmelte Martha und reichte Lando die Zügel. »Ist uns zugelaufen wie alle hier.« Sie ließ ihren Blick über den Hof schweifen, auf dem sich Katzen putzten, Gänse ihre Hälse reckten und ein Schwein mit seiner Schnauze den Schlamm durchwühlte. Hunderte von Tauben saßen auf den Strohdächern der Häuser, Krähen hockten in den Eichen und eine lahmende Ziege humpelte an ihnen vorbei.

»Verdien dir Obdach und Brot«, sagte Martha. »Josser, zeig dem Bürschchen, wo der Stall ist, damit er den Gaul unterstellen und füttern kann.« Sie wandte sich ab und ging davon.

Lando stemmte die Hände in die Hüften.

»Also, Josser!«, rief er herausfordernd in die Luft. »Wo ist denn nun der Stall?«

Ein Windstoß ließ eine grob gezimmerte Stalltür auffliegen und gegen eine Lehmwand krachen.

»Äh … danke vielmals«, stammelte Lando. Zögernd schritt er auf die offen stehende Tür zu. Das Pferd zog er hinter sich her.

Als er ins Haus zurückkehrte, saß Elias aufrecht auf seinem Lager und blickte ihm mit schreckgeweiteten Augen entgegen.

»Wo sind wir hier? Und was ist mit meinem Bein? Es schmerzt, als würde ein Dolch drin stecken.«

»Gebrochen ist es«, erwiderte Lando und reichte ihm eine Holzschale mit Wasser, die Martha ihnen am Abend vorher hingestellt hatte. »Sah wahrhaftig grässlich aus, ganz verbogen und geschwollen. Doch die alte Martha hat es gerichtet, hoffe ich jedenfalls. Zaubersprüche hat sie dabei gemurmelt.«

Elias schluckte schwer.

»Bei allen Heiligen. Was hat die Hexe getan?«

»Die alten Götter angerufen. Du weißt schon. Doch sie hat auch das Paternoster gesprochen.«

Elias wurde noch bleicher, als er ohnehin schon war. Er sank zurück auf sein Lager und schloss die Augen.

Lando spürte, wie hungrig er war, und wandte sich ab, um in all dem Durcheinander nach etwas Essbarem zu suchen. Da hob Elias die Hand. »Bitte bleib. Ich habe dir noch etwas zu sagen.« Kurz presste er die Lippen zusammen. Dann fuhr er leise fort: »Ich weiß, was ihr für mich getan habt, dort unten im Wald. Ihr hättet die Flucht ergreifen und mich meinem Schicksal überlassen können. Das wäre wohl meine Wahl gewesen, hättest du mir all das an den Kopf geworfen, fürchte ich, und ...« Er verstummte.

»Nicht der Rede wert«, sagte Lando. »Schon dich lieber. Und sobald du wieder auf den Beinen bist, sollten wir gemeinsam ein paar mehr Meilen zwischen uns und der Stadt erwandern. Was meinst du?«

»Ja, das sollten wir.« Elias nickte ihm zu. »Und danke, Lando. Ich werde dir das nie vergessen.«

21

Die Schmerzen hatten nachgelassen, doch das ewige Herumlungern auf dem Lager aus Stroh ließ Elias ungeduldig werden. Während die anderen Ordnung schafften, das Vieh aus dem Haus trieben und für Essen sorgten, war er zum Nichtstun verurteilt. So hatte er dankbar zugegriffen, als Immeke ihm Pflöcke gab, die er für den wehrhaften Zaun, den sie flocht, anspitzen sollte. Lando saß am Tisch und schnitt Gemüse. Er erwiderte Elias' Blick, griff nach einer Zwiebel und nickte ihm zu. Elias legte Pflock und Schnitzwerkzeug beiseite und schloss die Augen.

Die Bilder.

Immer wieder tauchten sie auf und quälten ihn. Der Augenblick im Wald. Der Dolch. Der Hass in den Augen des Geißlers. Und die Todesangst.

Als er an die Grenze des Erträglichen geriet, als da nichts mehr war als das nackte Leben, hatte ihn etwas herausgehoben. Etwas, das er nicht benennen konnte. Er hatte Ruhe verspürt, Frieden. Die Angst hatte sich aufgelöst. Er war dort gewesen, wo kein Mensch ihm mehr hätte schaden können. Was war geschehen? Er wollte Worte dafür. Hatte Meister Eckhart das Unaussprechliche ausgesprochen? War es ihm gelungen, das Unbenennbare zu benennen? War es das gewesen, was den Mann getrieben hatte, sein Leben lang zu predigen und Traktate zu verfassen, ob es anderen nun passte oder nicht? Wie lange hatte Elias nicht mehr an ihn und seine

Predigten gedacht. Das Leben hatte ihn so erbarmungslos gepackt und durchgeschüttelt, dass er keine klaren Gedanken mehr hatte fassen können. Und doch hatte er etwas begriffen.

Der Seelengrund. Nun ahnte er, was damit gemeint war. Was hätte er dafür gegeben, Meister Eckharts Schriften hier und jetzt lesen zu können. Er wünschte, sie wären nicht ein Opfer der Flammen geworden. Was wohl Bruder David zu allem sagen würde?

»Hast du noch Schmerzen?«, fragte Lando und schürte das Feuer unter der hängenden Pfanne. Elias öffnete die Augen und schüttelte den Kopf.

»Nein, es ist heute schon viel besser. Ich glaube, Immekes Muhme hat an meinem Bein Wunder gewirkt. Ich bin nur etwas müde.« Er verschränkte die Arme hinter dem Kopf und starrte die Spinnweben zwischen den Deckenbalken an.

Die alte Martha. Sie hatte ihn und seine Weggefährten weder nach dem Woher noch nach dem Wohin gefragt. Wie streunende Katzen hatte sie sie aufgenommen. Martha duldete sie, doch schenkte sie ihnen kaum Beachtung. Freundliche Worte konnten sie nicht von ihr erwarten, dafür aber etwas zwischen die Zähne und ein Dach über dem Kopf. In einer Truhe hatte Lando sogar Bauernkleider gefunden. Zwar waren sie von Motten zerfressen, doch taugten sie noch und stanken nicht wie die ihren nach Kloake.

Für Immeke tat es ihm leid. Sicherlich hatte sie sich mehr von Martha erhofft. Es war ihr nicht einmal gelungen, ihrer Muhme zu vermitteln, wer sie war. Schien die alte Frau doch für einen Augenblick zu begreifen, hellte sich ihr Gesicht auf.

»Els«, rief sie dann. »Mein Schwesterchen. Und du bist ihre Tochter. Bei Frija, der Himmelskönigin. Ein Wunder!« Doch schon im nächsten Augenblick schien sie es wieder vergessen zu haben, wandte sich ab und ging mit gebeugtem Rücken davon. Die Einzigen, denen Martha sich zuwandte, existierten nicht. Sie redete mit der Luft.

»Was sind das für Leute, mit denen sie spricht und die gar nicht da sind?«, fragte der Novize Lando, der jetzt vor dem offenen Herd stand und Zwiebeln mit Speck in einer hängenden Pfanne briet. Der Duft stieg Elias in die Nase und ließ seinen Magen knurren.

»Erinnerst du dich, was der Bauer uns über die alte Martha erzählt hat?«, erwiderte Lando. »Der Schwarze Tod hat ihre Familie ausgelöscht und alle drei Häuser leergefegt. Nur sie ist übrig geblieben. Und jetzt spricht sie wohl mit den Toten.«

»Meinst du, sie sind wirklich da? Lucia und die anderen?« Elias schüttelte sich. »Manchmal habe ich das Gefühl, da steht jemand neben mir und starrt mich an. Und dann spüre ich einen kalten Hauch, so als würde etwas Eiskaltes an mir vorbeistreichen.« Elias bekreuzigte sich. »Ich fürchte, es sind wirklich die Geister der Toten, bleich und durchscheinend wie Morgennebel. So schweben sie durch das Haus und raunen gotteslästerliche Flüche«.

»Das ist nur der Wind, der durch die Häuser streicht«, sagte Lando. »Das müsstest du doch wissen, bei allem, was du dir im Kloster angelesen hast.«

»Vielleicht sollten wir möglichst bald von hier fort«, sagte Elias.

Lando schnaubte durch die Nase. »Wie sollen wir das anstellen, ehrwürdiger Novize? Willst du kriechen?«

»Bis sich der Mond rundet, muss das Jüngelchen liegen«, murmelte die alte Martha. Landos Kopf fuhr herum. Wie durch Zauberei war sie neben Elias' Lager erschienen. »Das Bein wird sonst krumm wie ein verwachsenes Bäumchen.« Sie grinste, sodass Elias ihre drei verbliebenen Zähne sehen konnte.

»So lange noch?«, rief er entsetzt. »Der Mond hat in diesen Nächten nur die Form einer Sichel.«

»Armes krummes Bäumchen«, murmelte Martha. Sie beugte sich zu dem dreibeinigen Kater hinunter und streichelte ihn. »Wirst nicht zum Sonnenlicht wachsen. Bleibst nur ein verwachsenes, mickriges Dingelchen im Schatten der anderen.« Sie kicherte und kraulte den Kater zwischen den spitzen Ohren. Jäh richtete sie sich auf und ihr Gesicht verdüsterte sich. »Josser hat den Stall nicht gemistet, Faulpelz, der er ist«, keifte sie. »Möge Thor ihn packen und in die Unterwelt schleudern! O heilige Jungfrau Maria. Womit habe ich einen solchen Bruder verdient?« Ihr Blick richtete sich auf Lando. »Geh du, Bürschchen, und tu, was der Taugenichts versäumt hat.«

Lando seufzte.

»Immerzu nur Arbeit«, murmelte er und nahm die Pfanne vom Feuer. »Soll doch dieser Josser es machen.«

Martha näherte sich Elias und legte ihre schmutzstarrenden Hände auf das gebrochene Bein. Hilfesuchend blickte er zu Lando, doch der schwieg.

»Oh, du Verursacher der Wunden«, flüsterte sie und schloss ihre Augen. »Gefunden bist du, so weiche denn von ihm. Möge Thor, der Herr über die Dämonen, welche Krankheiten verursachen, dich vernichten. Vater unser im Himmel, geheiligt werde dein Name. Dein Reich komme. Dein Wille geschehe.« Sie schlug das Kreuz über Elias' Bein und fuhr fort zu beten.

Lando machte sich davon.

22

Bruder Thomas hockte neben dem Stamm einer Buche und durchwühlte das Laub. Aus dem Waldboden zog er einen fetten Engerling, den er aus der Hand schlürfte und gierig zerkaute. Er hatte jegliches Zeitgefühl verloren. Die Tage kamen und gingen, wie sie wollten. Die Wunden pochten und brannten und das Leiden wollte kein Ende nehmen. Er litt unter Fieberschüben, Schmerzen, Kälte und Hunger. Wann immer er in eine schlafähnliche Ohnmacht fiel, war er erstaunt, erneut daraus zu erwachen.

Der Herr wollte ihn noch nicht zu sich nehmen. Eine letzte Aufgabe hatte sein Diener zu erfüllen, bevor er den himmlischen Lohn erhielt. Nur, wie sollte er der Verräter des Glaubens habhaft werden, wenn er kaum kriechen konnte? Er musste unter allen Umständen wieder auf die Beine und zu Kräften kommen. Zugleich sehnte er sich nach warmen Kleidern, einer weichen Bettstatt mit Wolldecken, nach Brot, Braten und Bier. Das nahe Dorf hatte er gesucht, wo in den Stuben Feuer unter den Kesseln brannten und sich die Bauersleute um einen gedeckten Tisch scharten, doch hatte er die Richtung verfehlt und war nur immer tiefer in den Wald geraten.

Bruder Thomas knurrte und schlug grüne Fliegen weg, die ihn umsummten. Sie machten ihn rasend.

Er wartete auf den Tag, an dem das Fieber nachließ und die Wunden heilten, an dem er wieder aufrecht gehen konnte und nicht mehr kroch wie ein Tier. Dann würde er sie finden, die Verräter und Feinde, wo immer sie auch sein mochten, und ihnen den Garaus machen.

Ein Sonnenstrahl brach durch die Baumkronen. Der Mönch schrie und presste sich die Fäuste auf die Augenlider. Das Licht, es stach in seinen Kopf wie hundert Speerspitzen.

Er vertrug den hellen Tag nicht mehr.

23

Gleichförmig wie die Perlen einer Gebetskette reihte sich ein Tag an den nächsten. Lando mistete Ställe aus, fütterte die zahllosen Tiere, kochte Getreidesuppen und fegte Dreck und Staub aus den Häusern. Die Windhöfe mit ihren Geistern waren ihm noch immer unheimlich. Jedes Knarren und Seufzen der Lehmhäuser ließ ihn zusammenfahren. In den Nächten rückte er nah an Elias heran und behauptete stets, er würde sonst vor Kälte erstarren. Die Furcht vor Bruder Thomas jedoch war verblasst. Zu lang schon war es her, dass dieser mit blutendem Leib in das Dickicht des Waldes geflohen war. Was hätte ihn vor den tödlichen Bissen des Wolfes schützen sollen? Lando verzog das Gesicht, als er sich vorstellte, wie der geschundene Leib des Mönches auf verwelktem Laub lag, wie die Krähen auf ihm hockten und sich von ihm nährten, wie das, was von dem hageren Körper übrig blieb, nach und nach zu Staub verfiel.

»Lucia und ich gehen hinab ins Dorf«, sagte die alte Martha eines Tages und schulterte einen Buckelkorb, der aus Weiden geflochten war. »Müssen Mehl holen, Fett und Talg.«

»Ich begleite dich«, sagte Lando. Er sehnte sich danach, diesem ewigen Einerlei aus Ställen und Viechern zu entrinnen, sei es auch nur für kurze Zeit.

»Ich bleibe auf dem Hof«, sagte Immeke, die mal wieder Weiden flocht, »Im Wald lauern zu viele Gefahren.«

Sie blickte kurz auf. »Nehmt euch in Acht, Lando. Denkt an den tollen Mönch und seinen Dolch«

»Den Geißler hat längst der Wolf erlegt«, sagte Lando.

»Ach ja?«, sage sie spitz. »Und den Wolf? Wer hat den erlegt?«

»Der ist schon tot, so abgemagert und zerzaust, wie der aussah.« Lando hoffte, es stimmte.

»Holst das Wägelchen dort«, wies Martha ihn an und zeigte zu den Ställen, »und ziehst ihn mit Lucia, dem Engelchen. Passt viel Mehl hinein.«

Lando zerrte den Karren unter einem Haufen Holz hervor und folgte Martha, die schon vorausgegangen war. Seit der Begegnung mit Bruder Thomas im Wald und dem Angriff des wild gewordenen Wolfes hatte Lando die Windhöfe nicht verlassen. Mit dem Weg, der an den eingefallenen Weidenzäunen vorbeiführte, stiegen nun doch die entsetzlichen Bilder in ihm hoch und mit ihnen die Angst.

Nachdem sie um die hundert Schritt gegangen waren, blieb Lando stehen und sah zurück. Eine Horde Katzen hockte auf dem Weg. Die Tiere starrten ihnen nach. Eine der Katzen löste sich aus dem Pulk und sprang ihnen mit merkwürdig schiefen Bewegungen hinterher. Lando erkannte in dem Tier den dreibeinigen Kater. Oft schon hatte er ihn in der Nähe der alten Martha gesehen. Dann strich er schnurrend um sie herum, lange und ausdauernd, bis sie sich zu ihm hinabneigte und ihn zwischen den Ohren kraulte.

Der Kater sprang auf den Karren und rollte sich zusammen. Klug hatte er sich das ausgedacht. Wollte sich von Lando ziehen lassen und dabei ein bisschen dösen.

»Lucia, mein Engel. Wo bleibst du denn?«, rief Martha von weiter vorn. »Nun komm. Sind gleich bei deinem Grab.«

Lando sog scharf die Luft ein. Was faselte die Alte da? Sprach mit ihrer Tochter, als würde sie mit ihnen wandern, und wollte gleichzeitig an ihrem Grab stehen? Heilige Mutter Gottes, eines Tages würde er hier noch den Verstand verlieren. Sie sollten sehen, dass sie weiterkamen, Elias und er. Weg von den Windhöfen und Marthas Geistern.

Die alte Frau verließ den Weg, schritt durch feuchtes Gras und verharrte vor einer Ansammlung von großen und kleinen Holzkreuzen, die schief unter herunterhängenden Fichtenzweigen standen. Lando beließ den Karren am Wegesrand und folgte ihr. Der Kater sprang ihnen in großen Sätzen nach.

»Jung war ich einst«, sagte Martha und starrte auf eines der größeren Kreuze, »einsam zog ich, da ward wirr mein Weg. Glücklich war ich, als den Begleiter ich fand. Den Menschen freut der Mensch.« Sie fuhr sich mit der Hand durch ihre verfilzten Haare und wisperte: »Frija, steh uns bei. Komm an meine Seite, Lucia. Lass uns für unsere verlorenen Seelen beten.« Sie kniete nieder und murmelte Gebete. Der Kater strich um ihre Beine und schnurrte.

Die Buchstaben auf den vergrauten Holzkreuzen waren verwittert. Lando konnte nur vermuten, dass das kleinste der Kreuze Lucias war, denn nachdem die alte Martha wieder aufgestanden war, streichelte sie es zärtlich. Tränen rannen ihr die Wangen hinab und suchten sich ihren Weg durch Runzeln, die sich tief eingegraben hatten. Mit ihrem Wollumhang fuhr sie sich über das Gesicht, wandte sich dann jäh ab und setzte die Wanderung fort. Sie schwieg, bis sie die ersten Häuser des Dorfes erreichten.

Martha schritt von Tür zu Tür, klopfte und sprach gebetsmühlenartig: »Habt's Mehl? Habt's Fett? Habt's Talg? Habt's Almosen für verlorene Mensch und Tier auf den Windhöfen?« Hastig schoben die Bauersleute Beutel, gefüllt mit Mehl, ein Stück Schweinespeck oder anderes über die Schwelle und zogen die Tür eiligst wieder zu. Menschen, denen sie im Dorf begegneten, wandten sich ab, bekreuzigten sich und schlugen andere Wege ein. Es schien, als hätten sie hier Angst vor ihnen, als brächte Martha lauter Unheil ins Dorf. Nur der Bauer Flödt öffnete ihnen die Tür und bat sie hinein. Sein Eheweib hielt mit ihrer Webarbeit inne. »Du darfst die alte Martha nicht in unser Haus lassen, Ulrich!«, rief sie. »Ihr Unglück wird auch auf uns fallen. Du weißt doch, was sie sagen: Die Pest hat ihre gesamte Sippe geholt, weil sie noch die alten Götter anbetet. Schick sie fort, bevor es zu spät ist.«

»Schweig, Weib!«, fuhr der Bauer sie an. »Und hör nicht auf das Gemunkel der Leute. Früher haben sie ihre Heilsalben und Kräutertränke dankbar genommen, entsinnst du dich? Jetzt sind sie sogar zu feige, ihr einen schlichten Gruß zu entbieten.« Die Frau schnaubte und wandte sich wieder dem Webrahmen zu.

»Wie ist es euch ergangen?«, wollte Bauer Flödt von

Lando wissen. »Seid ihr dem Geißler entkommen? Wir haben ihn im Dorf nicht mehr gesehen.«

»Der Kerl hat uns im Wald angegriffen«, berichtete Lando. »Doch dann wurde er von einem Wolf angefallen. Wir wissen nicht, ob er es überlebt hat. Wir selbst konnten nur mit knapper Not entkommen.«

Der Bauer nickte und kratzte sich an der Schläfe. »Die Wölfe sind in diesem Jahr eine Plage«, sagte er. »Sie haben schon etliche Schafe gerissen.« Er neigte seinen Kopf zu Lando und flüsterte: »Ich gebe euch einen Rat. Wandert bei Dunkelheit nicht allein und schutzlos durch den Wald. Es heißt, ein Werwolf treibe dort sein Unwesen. Er gehe auf zwei Beinen, verbreite einen fürchterlichen Gestank, schreie zum Gotterbarmen und falle alles an, was ihm in die Quere kommt. Ein Bauer will sogar beobachtet haben, wie der Menschwolf einen Hund mitten entzweigerissen hat. Also, nehmt euch in Acht!«

Ein Werwolf! Das fehlte Lando gerade noch zu seinem Glück. Mit Grausen dachte er daran, dass die alte Martha und er das Stück Weg durch besagten Wald zurückwandern mussten, und die Sonne war bereits untergegangen.

»Danke, Bauer«, sagte Lando. »Wir werden wachsam sein.«

Draußen vor dem Haus wartete der dreibeinige Kater. Er begrüßte Martha, indem er sich an ihren Kittel schmiegte und schnurrte.

»Lucia, mein Engel«, murmelte Martha, »Es dämmert schon. Lass uns heimgehen.«

Auf dem Wegstück, das durch den Wald führte, fühlte Lando sich elend vor Angst.

Der Werwolf.

Er spähte nach allen Seiten in das Dickicht des Waldes, bereit, bei dem kleinsten Geräusch die Flucht zu ergreifen. Die Schatten des Waldes breiteten sich aus und hüllten Unterholz, Gräser und Farne in Dunkelheit. Der Kater humpelte neben ihnen her. Martha hatte ihn vom Karren gescheucht, denn er hatte allzu gierig an den Speckschwarten geknabbert. Als eine braune Maus vor ihnen über den Weg trippelte, erwachte in dem Kater der Jagdtrieb und er sprang ihr nach. Die Maus huschte in den Wald. Der Kater folgte ihr, so flink er es auf seinen drei Beinen vermochte. Drei Herzschläge später hörte Lando ein entsetzliches Geräusch, ein verzweifeltes Fauchen, das wie der Schrei eines Säuglings klang. Eine unheilvolle Stille folgte. Wilde Angst machte sich in Lando breit. Er packte die alte Martha am Ärmel und versuchte, sie mit sich zu ziehen. So schnell wie möglich mussten sie diesen Wald hinter sich lassen. Sie schüttelte mit griesgrämiger Miene den Kopf. »Weswegen so eilig, Jüngelchen?«, fragte sie unwirsch. »Lucia kann nicht Schritt halten.«

»Weil da im Wald ein Werwolf haust!«, schrie Lando. »Und er wird uns töten, wenn wir nicht augenblicklich fliehen.« Da kam ihm ein Gedanke. »Schau her, Martha«, sagte er und griff mit beiden Händen in die Luft. »Ich nehme Lucia jetzt und setze sie auf den Karren, siehst du? Und dann ziehe ich den Karren mitsamt deiner Lucia heim.«

Martha grunzte und nickte. Sie liefen den Weg hinauf. Der Karren rumpelte über Steine und verursachte einen Heidenlärm. Lando keuchte. Immer wieder blickte er hinter sich. Endlich verließen sie den Wald und hetzten an den Wiesen vorbei. Als sie die Windhöfe erreicht hatten, sah Lando sich ein letztes Mal um.

Nichts und niemand war zu sehen, auch der dreibeinige Kater nicht.

24

Meister Friedolf drehte einen kastaniengroßen Bernstein zwischen den Fingerspitzen und blickte in das leuchtende Gelb. Es war, als würde dieser Klumpen das Licht einfangen, um es niemals wieder herzugeben. Meister Friedolf seufzte und warf den Stein zu den anderen. Seit jener Nacht, in der sein Sohn verschwand, hatte ihn eine Unruhe ergriffen, als würden unaufhörlich Ameisen durch seine Adern wimmeln und krabbeln. Selten nur fand er Schlaf und auch die Arbeit wollte nicht mehr von der Hand gehen. Er bemerkte die Blicke, die Geselle und Lehrling sich zuwarfen, wenn ihm wieder einmal ein Bernstein aus der Drehbank sprang. Doch was würde es helfen, Lando zu suchen und mit zu sich nach Lübeck zu nehmen? Johan van Ehlen würde ihn meucheln, sollte der jemals wieder freikommen. Selbst die Sperlinge zwitscherten es auf den Dächern: Die Betrügereien des Bäckermeisters waren aufgeflogen, weil Lando mit dessen gezinkten Würfeln in die Schenke gezogen war. Niemals würde der Bäcker ihm das verzeihen.

Das Urteil war noch nicht ergangen. Abwarten hieß es, welche Strafe er erhielt. Womöglich würde Johan van Ehlen sich herauswinden und durfte weiterhin im Backhaus leben und schaffen. Dann könnte Lando niemals wieder zurückkehren.

Und eine weitere Gefahr drohte, die er nicht unterschätzen durfte. Lando und dieser Novize hatten das Kloster in Brand gesteckt. Schlimmstenfalls würden sie auf dem Köpfelberg enden. Nein, es war besser, Lando blieb, wo er gerade war, wo immer das auch sein mochte. Er atmete tief ein und aus. Es half nichts. Die Arbeit tat sich nun mal nicht von selbst. Die Tür schwang auf und Bertram stürzte in die Kammer.

»Verbannt wird er.«

»Mach die Türe zu«, fuhr Friedolf ihn an. »Hier zieht es, dass einem die Zehen abfrieren.« Der Winter war so hartnäckig wie noch nie in diesem Jahr. Fast schien es, als wollte es gar nicht mehr Frühling werden.

»Wer wird verbannt?«, fragte Hinrich von hinten. »Was faselst du da, Bertram?«

Die Tür krachte ins Schloss.

»Der betrügerische Bäckermeister«, sagte Bertram und zog sich die Gugel über den Kopf. »Meister van Ehlen, der mit gezinkten Würfeln spielte und das Brot mit Knochenmehl …«

»Meister van Ehlen?« Friedolf fuhr hoch. Der Arbeitstisch wankte. Die Bernsteine fielen hinunter und sprangen über die Dielen. »Bist du dir sicher, Bertram? Hast du auch richtig hingehört?«

Bertram nickte. »Ganz sicher, Meister. Johan van Ehlen, der Bäckermeister aus der Krummen Quer-straten.«

»Verdient hätte er es«, brummte Hinrich. »Elender Falschspieler und Panscher, der er ist. Knochenmehl, pfui Teufel.« Er spuckte auf die Dielen. Meister Friedolf aber starrte Bertram an. Johan van Ehlen wurde verbannt?

»Für wie lange?«, fragte er den Lehrling. »Darf er eines Tages zurückkehren?«

»Nie mehr. Schade nur, dass sie ihn nicht aufs Rad geflochten haben. Das hätte mir noch mehr gefallen.« Er grinste.

»Halt den Mund und mach dich an die Arbeit«, fauchte Friedolf und verbarg dahinter die Freude. Van Ehlen wurde verbannt. Nie wieder würde er zurückkehren. Herr im Himmel, was für eine wundervolle Nachricht. Der Weg zu Lando war endlich frei. Sein Sohn würde in diesem Hause leben und das Handwerk des Bernsteindrehers erlernen. Und später dann würde Lando Meister sein und die Werkstatt übernehmen. Allein ... Sein Herz stolperte. Lando wurde als Brandstifter gesucht. Er durfte ja nicht in diese Stadt zurückkehren. Hier war er seines Lebens nicht sicher. Doch außerhalb der Stadt war er es ebenso wenig. Dort würde ein Johan van Ehlen herumstreifen und vielleicht, das war dem verfluchten Kerl zuzutrauen, würde er alles daransetzen, Lando zu finden und sich für Verrat und Verlust zu rächen.

Friedolf ballte die Fäuste. Das durfte nicht geschehen. Er musste seinen Sohn vor ihm schützen. Dafür musste er ihn finden. Doch wo sollte er mit der Suche beginnen, wenn er nicht einmal ahnte, in welche Himmelsrichtung Lando gegangen war? Vielleicht hatte er, gemeinsam mit dem Novizen, in einem Kloster Zuflucht gesucht.

Das Gesicht Bruder Davids tauchte vor seinem inneren Auge auf. Er war den Jungen wohlgesinnt. Wusste er mehr? Hatte der Novize sich ihm womöglich anvertraut, bevor er das Kloster verließ?

Meister Friedolf erhob sich, marschierte zur Tür und riss im Vorbeigehen den Mantel vom Haken.

Der Cellerar des Klosters überwachte drei Knechte, die Bierfässer auf einen Planwagen luden, und ritzte Notizen auf eine Wachstafel. Der Mönch, der Friedolf auf den Hof geführt hatte, tippte Bruder David an die Schulter.

»Der Paternostermachermeister van dem Berghe wünscht dich zu sprechen.«

»Ah, hab Dank, Bruder Gregorius.« Bruder David wandte sich Friedolf zu. »Gott zum Gruß, Meister van dem Berghe. Womit kann ich Euch dienen?«

»Gott zum Gruß, Bruder David. Verzeiht, dass ich Eure Zeit in Anspruch nehme. Könnten wir für die Dauer eines Augenblicks allein ...« Er ließ seinen Blick kurz zu dem Mönch wandern, der noch neben ihnen stand.

»Aber sicher. Kommt, Meister van dem Berghe, wir gehen ein Stückchen. Bruder Gregorius?« Er drückte dem Mönch Wachstafel und Griffel in die Hand. »Bitte vermerke für mich, wie viele Fässer auf den Wagen geladen werden. Ich bin gleich zurück. Kommt, Meister. Hier entlang.« Er legte Friedolf eine Hand auf die Schulter und führte ihn zu den Gärten, in denen die Saaten nur zaghaft aufgingen. »Nun? Was habt Ihr auf dem Herzen? Es geht um die beiden, nicht wahr?«

»Ja. Wisst Ihr vielleicht ...? Habt Ihr ...?« Meister Friedolf wusste nicht, wie er es beginnen sollte.

Bruder David blickte von links nach rechts. Mit gedämpfter Stimme sagte er: »Von Salzhändlern, die auch das Kloster beliefern, habe ich etwas über sie gehört. Auf der Höhe von Ratzeburg sollen sie den Fuhrweg nach Westen hin verlassen haben. Aber zu niemandem ein Wort, Meister. Kann ich mich auf Euch verlassen?«

Hoffnung glomm in Meister Friedolfs Herzen. »Ich gebe Euch mein Ehrenwort, Bruder David«, beeilte er sich zu sagen. »Auch mir ist daran gelegen, dass niemand sonst sie aufspürt. Schließlich ist ihr Leben in Gefahr, solange sie wegen Brandstiftung gesucht werden.«

»Dabei ist der tatsächliche Schaden lachhaft«, sagte Bruder David. »Nur ein Teil des Pferdestalles, nichts sonst. Und jetzt, wo wir Brüder der ehrwürdigen Stadt Lübeck für immer den Rücken kehren, zählt auch das nicht mehr.«

»Ihr verlasst Lübeck? Der gesamte Orden?«

Bruder David hob die Hand. »Auch darüber kein Wort. Noch ist es nicht bekannt. Erst wollen wir das Hab und Gut des Klosters verladen. Wenn wir in wenigen Tagen nach Norden ziehen, wird es sich nicht mehr verheimlichen lassen.«

»Aber wohin geht ihr?«, fragte Meister Friedolf. »Und warum?«

Bruder David seufzte und ließ die Schultern hängen. »Es ist nicht gut, wenn Mönche und Nonnen sich ein Kloster teilen. Dinge sind in diesen Mauern geschehen, über die wir besser schweigen. Nun gehen die Brüder nach Wagrien und bauen ein neues Kloster. Die Nonnen aber bleiben. So ist es gut und richtig.«

Meister Friedolf senkte den Kopf. »Ich bin bestürzt.«

»Für Lando und Elias hingegen bedeutet dies auch Gutes.« Bruder David lächelte. »Ich habe bereits mit dem Abt darüber gesprochen. Der Brandschaden ist so gering und verliert mit unserem Weggang auch jedwede Bedeutung. Der Abt wird somit beim Rat der Stadt erwirken, keine Klage mehr gegen sie zu führen.«

Fast hätte Friedolf einen Freudensprung gemacht, so sehr zuckte es in seinen Beinen. Gerade noch war es ihm gelungen, es bei einem Wippen auf den Absätzen zu belassen.»Das ist wunderbar, Bruder David. Wie kann ich Euch nur danken?«

»Oh, das ist gewiss nicht schwer. Solltet Ihr sie zufällig treffen, so bitte ich Euch um einen Dienst. Sagt Elias, er möchte uns Brüdern nach Wagrien folgen. Dort wartet sein Lehrmönch auf ihn und möchte mit ihm über die Lehren eines gewissen Meisters philosophieren, dessen Traktate er ungewollt im Pferdestall verbrennen ließ. Er hat nichts zu befürchten. Niemand trägt ihm etwas nach. Allein ich …« Er schloss die Augen. »Ich bete zu Gott, dass dieser verkappte Geißler sie nicht aufgespürt hat. Wie konnte der Abt ihn nur ziehen lassen?«

»Von wem sprecht Ihr, Bruder David?« Meister Friedolf schluckte.

»Von Bruder Thomas, diesem rechthaberischen Geißelbruder. Er ist fortgeritten, um sie zurück nach Lübeck und vor das Hohe Gericht zu bringen.«

»Der Hakennasige? Und das habt Ihr zugelassen?«, fuhr Friedolf ihn an. »Ihr seid nicht dagegen eingetreten, dass dieser rechthaberische Geißelbruder, wie ihr ihn nennt, zwei junge Burschen jagt?«

Bruder David blieb stehen und hob die Hände. »Fasst Euch, Meister Friedolf. Er wird es nicht wagen, Ihnen ein Haar zu krümmen. Außerdem war es nicht meine

Entscheidung, sondern die des Abtes. Mir steht es nicht zu ...«

»Ihr hättet ihnen folgen müssen« Meister Friedolf ballte die Fäuste. »Sie retten. Oder zumindest warnen.«

»Meint Ihr, ich kann einfach so davonreiten? Ich habe hier wichtige Aufgaben zu erfüllen. Nie und nimmer hätte der Abt dies bewilligt.« Er wandte sich ab und blickte in den Himmel. »Ich bin nicht frei, zu tun und zu lassen, was ich will, Meister Friedolf. Ich habe ein Gelübde abgelegt. Ich habe Gehorsam gelobt und Demut.« Er neigte den Kopf. »Und ich sagte bereits: Er wird ihnen kein Haar krümmen. Ihm wird es genügen, sie vor das Hohe Gericht zu schleppen. Er hofft auf ein hartes Urteil und ahnt nicht, wie sich die Dinge entwickelt haben.« Er legte Friedolf eine Hand auf den Arm. »Macht Euch keine Sorgen.«

Friedolf wandte sich brüsk um.

»O doch, die mache ich mir, und zwar mehr als noch eben zuvor. Lebt wohl, Bruder David.«

Ohne zurückzublicken ging er davon.

25

Als der Mond sich endlich zu runden begann, hackte Lando aus einer Eiche zwei Äste, die ihm geeignet schienen für Krücken. In wenigen Tagen würde Elias aufstehen und die ersten Schritte versuchen.

Lando setzte sich neben die Stalltür auf einen umgedrehten Holzbottich und schnitzte im Licht der Morgensonne die Äste zurecht. Es war so kalt, dass er immer wieder innehielt, um seine Hände warm zu reiben. Neugierig näherten sich ein paar Katzen. Sie strichen um ihn herum, rieben sich an seinem Bein oder leckten sich die Pfoten. Hühner scharrten im Schlamm nach vergessenen Körnern. Die alte Martha schlurfte aus einem der Häuser. Sie kam geradewegs auf Lando zu und sprach: »Ein hag'rer Mann schleicht in den Nächten um die Häuser. Friedrich hat's mir erzählt. Sucht euch. Murmelt eure Namen. Bei Thor, dem Starken!« Martha schwang eine Faust. »Hinweg mit all dem Diebesgesindel!« Sie spuckte verächtlich aus. Lando aber sprang auf seine Füße. Ein hagerer Mann! Das konnte nur Bruder Thomas sein. Er hatte sich also doch vor dem Wolf retten können. Und nun hatte er sie aufgespürt. Er würde sie morden!

»Elias!«, schrie er und stürzte ins Haus. »Bruder Thomas ist in der Nähe. Er war hier. Auf mit dir!«

»Bei meiner Seele«, stieß Elias hervor und schoss hoch. Lando warf ihm die halb fertigen Krücken hin, stürmte zurück ins Freie und dann in den Stall. Mit fahrigen

Fingern zäumte er den Braunen und zerrte ihn auf den Hof. Wieder im Haus sah er, wie Elias sich quälend langsam aus den Decken schälte. Lando zuckte zusammen, als Immeke plötzlich neben ihm stand.

»Was ist geschehen?«, fragte sie. »Wo wolltet ihr hin?«

Lando raffte die Habseligkeiten zusammen und fasste Elias unter den Armen.

»Bruder Thomas lauert irgendwo dort draußen. Er wird keine Ruhe geben, bis er Elias getötet hat. Ich muss fort mit ihm. Auch um euch zu schützen.«

»Herr im Himmel!«, rief Immeke und half Lando, Elias zu stützen. Sie schleppten ihn aus dem Haus. Die Beine des Novizen knickten wie Strohhalme unter ihm weg. Sie versuchten, ihn auf das Pferd zu stemmen. Elias half, so gut er es vermochte. Endlich saß er oben. Das Gepäck und die Krücken band Lando an den Sattel und Immeke eilte mit einer gefüllten Wasserflasche herbei, die sie Elias an den Gürtel band.

Die alte Martha stand vor dem Haus und beobachtete sie mit verkniffenem Mund. Zögernd ging Lando auf sie zu. Viel hatten sie ihr und ihren Geistern zu verdanken. Ihre Augen schimmerten feucht, als er ihre Hand nahm.

»Hab Dank, gute Martha«, sagte er. Seine Stimme kam seltsam rau aus seiner Kehle. »Wir werden dich nicht vergessen. Auch Lucia nicht und Friedrich und sogar Josser, den Taugenichts.«

Die alte Martha nickte und flüsterte: »Den Menschen freut der Mensch. Mögen die Götter euch schützen und begleiten. Gelobt sei die Jungfrau Frija, die Königin des Himmels. Amen.« Sie schlug ein Kreuz, dann packte sie

Immeke am Arm, zog sie mit sich in ihr Haus und schlug die Tür hinter ihnen zu.

Lando ergriff die Zügel und führte das Pferd auf den Feldweg. »Leb wohl, Lucia«, rief er in die Luft.

Wind kam auf und fegte über den Hof. Er zerzauste das Gefieder der Hühner und wirbelte Sand in die Höhe.

»Unheimlich, dieser Ort«, brummte Elias.

Lando behagte es nicht, erneut durch den Wald zu wandern, doch gab es keinen anderen Pfad, denn die Bäume und Sträucher umschlossen die Windhöfe und erstreckten sich über viele Meilen hin.

»Lass uns ganz leise sein«, flüsterte er, »damit uns der Wolf nicht ein zweites Mal aufspürt.« Von Bruder Thomas wollte er gar nicht erst sprechen.

Elias nickte schweigend. Sein Gesicht war weiß wie Kalk. Lando wusste nicht, ob es Angst war, die ihm die Schweißperlen auf die Stirn trieb, oder ob er wegen seines Beines Schmerzen litt.

Als sie die Schatten des Waldes erreichten, kroch Lando die Furcht vom Herzen bis in die Zehenspitzen. Er fluchte leise, denn er hatte versäumt, die Hufe des Pferdes mit Lumpen zu umwickeln, und so hallte der Hufschlag durch den Wald, dröhnend und laut wie das Läuten der Kirchenglocken Lübecks. Landos Blick tastete die frisch belaubten Bäume und Sträucher ab. Der Frühling hatte endlich Einzug gehalten. Ein Eichelhäher schrie und ließ Lando zusammenfahren. Jedes Knacken, jeder Laut versetzte ihn in Angst.

Nach einer Weile begann das Pferd unruhig zu werden. Es warf den Kopf hoch und hätte Lando beinah die Zügel aus den Händen gerissen. Er strich dem Gaul über den Hals und wisperte beruhigende Worte in das aufgestellte Ohr. Jäh stieg das Pferd. Es ließ seine Augen rollen und wieherte furchtsam. Elias schrie und versuchte, sich am Pferdehals festzuklammern, doch er rutschte hinab und fiel rücklings in den Sand. Lando ließ die Zügel fahren und zerrte Elias unter dem Tier hervor, damit ihn nicht die Hufe zermalmten. Ein zweites Mal riss der Braune die Vorderhufe hoch und dann, als hätte ihm jemand einen Schlag mit der Peitsche versetzt, galoppierte er davon und hinterließ ihnen nur Staubwolken.

»Verdammt!«, schrie Lando. »Verfluchtes Pferde…« Ihm blieben die Worte im Hals stecken. Da war etwas. Nur einen Steinwurf von ihnen entfernt trat etwas Entsetzliches auf den Weg und stierte sie an.

»Elias … da ist …«, stammelte Lando und wich einen Schritt zurück.

»Der Werwolf«, raunte Elias.

Das Wesen stand wie ein Mensch auf zwei Beinen. Doch die wutverzerrte Fratze unter wirren, verfilzten Haaren wirkte ganz und gar nicht menschlich. Schaum quoll zwischen gefletschten Zähnen hervor und die Augen waren weit aufgerissen. Das Wesen hob die Arme und bog seine Finger zu Klauen, die nach ihnen griffen. Es brüllte und stürmte auf sie zu. Mit Entsetzen stolperte Lando zurück.

»Versteck dich irgendwo!«, schrie er dem Novizen zu. Er wusste, wie wehrlos Elias mit dem kaum verheilten

Bein war. Er musste ihn vor dem Menschwolf schützen. Er musste für sie beide kämpfen.

Lando blickte sich panisch nach einem Stock um, der ihm als Waffe dienen könnte. Das Ding war nur noch eine Pferdelänge von ihm entfernt. Zerfetzte Lumpen umschlackerten ihn und um seine Schultern baumelte eine rote Katze, auf der Scharen fetter, grün schillernder Fliegen krabbelten. Das verendete Tier erinnerte ihn vage an den dreibeinigen Kater der alten Martha. Ein grausig süßlicher Gestank wehte ihm zu. Es war der Geruch nach Verwesung. Das Wesen hielt inne und ergriff den Schwanz des Katers, der von seinen Schultern zu rutschen drohte. Die Aasfliegen flogen auf und umschwirrten ihn mit wütendem Summen. Der Menschwolf schleuderte das Tier über seinem Kopf und Lando bückte sich, um nicht getroffen zu werden. Der stechende Geruch nahm ihm den Atem. Mit einem Wutschrei ließ das Untier den Kadaver auf Lando hinabsausen. Das Katzenfell klatschte auf Landos Wange. Und schon stürzte sich der Wolfsmensch mit Zorngebrüll auf ihn. Rücklings warf er Lando zu Boden. Krallen bohrten sich in seine Arme und die Fratze schwebte über seinem Gesicht. Sie grunzte laut und Schaum troff auf Landos Wangen. Jäh erkannte Lando, wer es war, der da über ihm hockte und ihn zu töten versuchte: Bruder Thomas! Sein Gesicht verzerrte sich zu einem teuflischen Grinsen. Lando spürte, wie sich Klauen um seinen Hals legten und zudrückten. Verzweifelt versuchte er, dem Griff zu entkommen. Er wand sich, bäumte sich auf und kämpfte darum, Luft durch seine Kehle zu ziehen. Vergebens.

Immer fester drückte der Mönch zu. Schwindel erfasste Lando. Schwärze umfing ihn. Er schloss die Augen.

Elias biss sich vor Verzweiflung in die Hand. Ihm grauste. Er konnte nicht glauben, was er sah. Der Werwolf, dieses unmenschliche Wesen, war niemand anderer als Bruder Thomas, der Pförtner des Klosters St. Christophorus, dieser fanatische Selbstgeißler. Was nur war ihm widerfahren? Was hatte alles Menschliche genommen und brachte ihn dazu, sich wie ein wildes Tier auf Lando zu stürzen? Er war wahnsinnig, vollkommen von Sinnen, hatte Schaum vor dem Mund und wurde von einem unbändigen Hass getrieben. Elias erinnerte den Wolf, der sie im Dickicht des Waldes angefallen hatte. Auch ihm war Schaum aus dem Maul gequollen und er war toll vor Wut gewesen.

Tollwut.

Der Mann, der einmal ein Mönch gewesen war, hockte auf Landos Brust und hielt dessen Hals umklammert. Kurz, nur ganz kurz erwog Elias zu fliehen, so wie der Gaul es getan hatte. Dieser Gestank musste das Scheuen des Pferdes bewirkt haben, eine Mischung aus verwestem Fleisch, getrocknetem Blut und Exkrementen.

Elias schluchzte. Er musste handeln. Er durfte nicht länger im Unterholz hocken und mit ansehen, wie sein Weggefährte gemeuchelt wurde. Gleich darauf würde es ohnehin ihm selbst an den Kragen gehen. Was blieb ihm zu tun? Ein Mensch, den die Tollwut befallen hatte, verfügte über Kräfte, die übermenschlich waren. Er hatte keine Aussicht, den Kampf zu gewinnen, schon gar nicht mit dem Bein, das ihn nicht tragen wollte. Es musste einen anderen Weg geben, eine List, einen rettenden Einfall, für die er keine körperliche Kraft benötigte. Elias schlug sich mit beiden Händen gegen den Schädel. Es musste doch etwas geben, womit er dem Wahnsinnigen Einhalt gebieten könnte. Elias atmete scharf ein und fasste sich an die Stirn. Er musste ihn in die Flucht schlagen, so wie damals den Wolf. Der war zurückgewichen. Ein grässliches Gurgeln war aus seiner Kehle gekommen. Und dann war er geflohen. Es war das Wasser gewesen. Es hatte das Tier in Angst versetzt. In panische Angst.

Mit Glück. Mit sehr viel Glück …

Elias murmelte ein Ave-Maria und griff nach der Wasserflasche an seinem Gürtel.

Ein Wutschrei drang in Landos dunkle Welt. Die Klauen um seinen Hals lösten sich. Gierig zog er Luft durch seine Kehle, die schmerzte wie eine offene Wunde. Er öffnete die Augen und erblickte den Mönch über sich. Der hatte den Kopf in den Nacken gelegt und brüllte. Wasser klatschte in dessen Fratze. Er sprang auf seine Füße. Seine Augen waren weit aufgerissen. Schaum tropfte aus dem Mund. Wieder flogen Wassertropfen. Elias war es, der neben ihm kniete und die Wasserflasche herumschleuderte, als sei sie eine Hiebwaffe. Lando wollte sich aufrichten, weglaufen, bevor sich der Mönch erneut auf ihn stürzte, doch dazu fehlte ihm die Kraft.

»Er flieht«, keuchte Elias. »Sieh doch, Lando, er flieht.«

Lando blinzelte. Tatsächlich. Dort im Sonnenlicht erkannte er die Umrisse des Mannes. Es stolperte den

Weg entlang. Mit den Armen schlug er wild um sich. Er blickte nicht zurück. Schließlich verschwand er hinter einer Biegung.

»Bei meiner Seele«, hauchte Lando. Schwindel ergriff ihn. Elias, die Bäume, die Sträucher, alles begann sich zu drehen und versank, doch da wurde er an der Schulter gepackt und gerüttelt.

»Wir können hier nicht bleiben«, sagte Elias. »Er könnte zurückkommen.«

26

Immeke saß auf der Bank vorm Haus und flocht Weidenruten. Sie schenkte dem Schmerz, der in den eingerissenen Fingerkuppen pochte, keine Beachtung. Sie musste sich eilen. Etliches fehlte noch, bis der hohe Zaun den ganzen Hof umschloss, bis genug Pfähle angespitzt waren, die wilden Tieren beim Sprung hinüber den Bauch aufschlitzen sollten. Sie lehnte sich an die Hauswand und ließ ihren Blick über den Saum des Waldes wandern. Jetzt, wo Lando und Elias fortgegangen waren, würde ihr nichts anderes übrig bleiben, als die Weiden selbst zu schneiden. Doch dafür musste sie den Hof verlassen und bis zum nächsten Weiher gehen, der zwei Steinwürfe hinter den Häusern lag. Wie sollte sie sich schützen, wenn sie dort die Stecken schnitt? Sie dachte an das Messer in Marthas Küche. Ob es scharf und spitz genug war, um sich gegen einen Wolf zu wehren? Nie mehr würde sie ohne Waffe das Haus verlassen. Die Wälder und alles, was hinter ihnen lag, bedeuteten Gefahr. Überall lauerten Wölfe und bösartige Menschen. Auch den roten Kater hatte es das Leben gekostet. Sie musste wachsam sein. Es gab nichts, was in diesem Augenblick mehr Bedeutung hatte.

Lando.

Immeke hielt mit der Flechtarbeit inne.

Lando und Elias.

Ob es ihnen gelungen war, dem Mönch, der es auf sie abgesehen hatte, zu entkommen? Sie hatten das Pferd. Mit ihm könnten sie es geschafft haben. Bestimmt.

Nur fort mit den Bildern. Sie musste vorankommen mit dem Zaun, ihrem Schutz. Es gab noch viel zu tun. Doch wieder glitt der Blick zum Wald hin. Ihre Gedanken, sie taten, was sie wollten. Sie gehorchten ihr nicht. Da half nur eins. Sie nahm einen der Weidenstecken und holte aus. Ein Hieb. Auf ihrem Handrücken erschien ein roter Striemen. Die Haut brannte. Recht so. Sie würde es wieder tun. Für jeden unerwünschten Gedanken ein Schlag. Sie würde sich jedes Wort austreiben, das sie von der Arbeit abhielt. Sie durfte sich nicht um Dinge sorgen, die sie nichts mehr angingen. Allein um Martha wollte sie sich kümmern, um die Windhofhäuser, die sie schützten, und die Tiere, die sie nährten. Sie würde Ordnung schaffen, die wilden Kräuter aus dem Acker reißen und Gerste säen.

Das genügte. Mehr konnte sie nicht bewältigen. Ihre Kraft reichte für das Leben hier, für mehr nicht.

Sie zwang sich, auf ihr Werk zu blicken, auf das Stückchen Zaungeflecht, das zwischen ihren Beinen klemmte und erst zur Hälfte fertig war. Zur Mittagsstunde würde sie Pfosten in die Erde treiben und das Stück Zaun an ihnen festzurren.

Wieder verirrte sich ihr Blick ins Weite.

Sie schnaubte vor Wut und wollte erneut ausholen, um sich zu strafen, als sie weit hinten eine Bewegung wahrnahm. Etwas löste sich aus dem Schatten des Waldes. Zwei Gestalten, die sich gegenseitig stützten.

Lando.

Immekes Herz setzte einen Schlag aus. Sie ließ die Weidenrute fallen.

27

Elias musste an Marthas Worte denken. Wie ein krummes Bäumchen, hatte sie gesagt, so würde es aussehen, sein Bein, wenn er es nicht lang genug schone. Nun war es geschehen. Seltsam verbogen war es unter dem Knie und es schmerzte, als würden Nadeln darin stecken. Er versuchte, es ruhig zu halten, während er auf dem Stroh saß und Pflöcke anspitzte. Immeke hatte ihm gleich einen ganzen Haufen neben sein Lager geschichtet.

»Die Arme sind ja nicht gebrochen«, hatte sie gesagt und ihm ein Schnitzwerkzeug in die Hand gedrückt.

Lando war irgendwo dort draußen. Er hörte die Schläge seines Hammers, mit dem er Pfosten in die Erde trieb. Immeke war so sehr auf diesen Zaun versessen, dass sie nichts anderes mehr gelten ließ. Sie tat, als würde ein wackeliges Weidengeflecht, gespickt mit angespitzten Stöcken, etwas gegen den Wahnsinnigen ausrichten, der durch den Wald tobte und sie zu morden versuchte. Dennoch war die Arbeit besser, als tatenlos herumzusitzen. Noch klüger schien es jedoch, Waffen herzustellen, mit denen sie Bruder Thomas überwältigen konnten, sollte er sich auf die Windhöfe schleichen.

Elias wog den Stock, an dem er gerade arbeitete, und prüfte, wie er in der Hand lag. Er umfasste ihn fest und stach ihn in die Luft. Überall auf dem Hof sollten sie Waffen verstecken, sodass sie sich jederzeit und überall gegen den Tollwütigen wehren konnten.

Er nickte und setzte die Schnitzarbeit fort.

»Was nickst du dir selber zu?« Lando lachte.

Elias blickte auf. Er hatte nicht gehört, wie Lando in den Raum getreten war.

»Und was hast du mit dem Stöckchen vor? Willst du die Geister der Windhöfe damit aufspießen?« Landos Stimme klang noch etwas krächzig und um seinen Hals zogen sich blaurote Würgemale. Elias wunderte sich, den Weggefährten so munter zu sehen, nach dem, was ihm in den frühen Morgenstunden widerfahren war.

»Wir brauchen Waffen, falls er uns hier findet.« Elias legte das Stück Holz beiseite. »Und wie steht es mit dir und deinem Hals? Schmerzt er sehr?«

Lando schüttelte den Kopf.

»Wird wohl gehen. Viel mehr sorge ich mich um dein Bein. Hoffentlich heilt es wieder.«

»Wird wohl gehen.« Elias lächelte und zuckte mit den Schultern.

Lando zog einen Hocker heran und ließ sich neben dem Lager nieder. »Hast du schon Pläne? Ich meine, was wirst du tun, Elias, wenn dich dein Bein wieder trägt?«

»Nun, ich denke, ich werde weiter nach Süden wandern und so bald als möglich unter die Scholaren gehen. In Rom und Perugia soll es Universitäten geben. Ich werde alles lernen, was nur lernbar ist. Und ich will die Schriften eines Meister Eckhart lesen können, ohne mich damit auf dem Heuboden eines Pferdestalles verstecken zu müssen.« Er versuchte, all die Zweifel, die sich in sein Herz fraßen, fortzulächeln. Wenn er diesen Plan ausführte, würde er Bruder David wohl niemals wiedersehen. Elias fuhr sich durch die Haare. »Und du, Lando? Was wirst du tun?«

Lando wich seinem Blick aus. Als Elias die Röte auf seinen Wangen entdeckte, ahnte er, was sein Weggefährte sich wünschte: Lando wollte auf den Windhöfen bleiben.

Bei Immeke.

28

Es war das vierte Dorf, das Meister Friedolf durchquerte, seit er die Straße der Salzhändler verlassen hatte. Wen er auch gefragt hatte, Bauern auf dem Felde, Kinder, die Ziegen hüteten, oder Frauen, die im Bach Wäsche wuschen, niemand hatte Lando und Elias gesehen.

Er fühlte nach der Geldkatze an seinem Gürtel. Ein paar Münzen würde er wohl geben müssen, um in einem der Häuser ein Nachtlager, etwas Brot und Bier zu erstehen. Es dämmerte bereits und er konnte die Suche erst am nächsten Morgen fortsetzen. Friedolf blieb stehen und ließ seinen Blick schweifen. Mit diesem Dorf stimmte etwas nicht. Um ihn herum war es still wie auf einem Gottesacker. Keine Kinder liefen herum, keine Bauersleute traten vor die Häuser, wenn er an ihnen vorbeiging, ja, überhaupt keine Menschenseele ließ sich weit und breit blicken. Noch nie hatte er einen so stillen Flecken durchwandert.

Er fand die Dörfler auf dem Anger, wo sie sich auf einer Wiese versammelt hatten. Männer, Frauen und Kinder standen schweigend im Kreis. Manche hielten sich Leinentücher vor die Nasen. Was war dort in ihrer Mitte? Worauf blickten sie hinab? Ein süßlicher Geruch stieg in Friedolfs Nase. Es stank nach Verwesung und Kloake. Dort musste etwas Totes liegen, Mensch oder Tier.

»Heilige Mutter Gottes«, entfuhr es Friedolf. Er stürzte sich in die Menschentraube und schob die Bauersleute beiseite. Es durfte nicht sein Sohn sein, hingemeuchelt gar von dem fanatischen Geißler. Er wagte kaum auf das zu blicken, was dort lag. Der Gestank ließ ihn würgen. Vielleicht war es doch nur ein verendetes Tier. Er zwang sich hinzusehen. Entsetzt fuhr er zurück. Der Boden unter seinen Füßen geriet ins Wanken. Hände griffen nach ihm und verhinderten, dass er fiel.

Das tote Ding dort im Gras war einmal der Pförtner des Klosters St. Christophorus gewesen. Maden wimmelten auf seinen Armen.

Meister Friedolf erbrach sich.

Der Paternostermacher hielt die Fackel hoch und ließ seinen Blick über den Rand des Weges gleiten. Nein, das hielt ihn nur auf. Er musste zu den Windhöfen hinauf. Mit etwas Glück fand er tatsächlich seinen Sohn dort, lebend und unversehrt.

Als Meister Friedolf sich nach dem Schrecken etwas gefangen hatte, war es bereits stockfinstere Nacht gewesen. Ein Bauer unten im Dorf hatte ihm eine Pechfackel gegeben, die flackerte und blakte und ihn in eine Kugel aus gelbem Licht tauchte.

»Ich hoffe, das Feuer hält die wilden Tiere von Euch ab«, hatte der Bauer gesagt und ihm den Weg zu den Windhöfen erklärt. »Doch an Eurer Stelle würde ich warten, bis der Morgen graut. Dieser Wald ist nicht geheuer. Denkt nur an den, der hier vor uns liegt. Ihm ist er zum Verhängnis geworden.«

Nach etwa zwei Meilen führte ihn der Weg auf einen Hof, der aus drei Bauernhäusern und einer Handvoll Ställen bestand. Hier musste es sein. Der Wind, der dem

Hof seinen Namen gegeben hatte, umheulte die Dächer und riss an seinem Mantel. Meister Friedolf tauchte den Kopf der Pechfackel in eine Schlammpfütze. Es zischte, als sie erlosch. Er ließ sie dort stecken und näherte sich den Häusern auf leisen Sohlen.

Die Stube hatte sich mit Dunkelheit gefüllt. Lando stellte neben jedes Lager einen Holzbottich mit Brunnenwasser. Damit würden sie den wahnsinnigen Geißler in die Flucht schlagen, sollte der sich eines Nachts bis in die Windhofhäuser wagen. Eine wirksamere Waffe schien es gegen Tollwutkranke nicht zu geben, das hatte Elias bewiesen.

Insgeheim bewunderte Lando die Klugheit des Novizen, der allein aus dem Zurückweichen des Wolfes am Weiher geschlossen hatte, wovor sich der tolle Mönch am meisten fürchtete. Wasser. Einfach nur Wasser. Das erschien Lando so sonderbar und abwegig, dass er selbst niemals darauf gekommen wäre.

Er schöpfte etwas Wasser mit den Händen und ließ es in seinen Mund laufen. Der Hals war außen und innen wund und brannte wie Feuer. Das kühle Brunnenwasser linderte den Schmerz. Diese Nacht würde er wachen, denn er wollte nicht im Schlaf von dem Geißler überrascht werden. Er setzte sich auf einen Hocker und richtete seinen Blick auf die Tür. Neben ihm auf dem Tisch flackerte ein Talglicht und in der Herdstelle brannte noch ein kleines Feuer.

»Weck mich, wenn die Hälfte der Nacht herum ist«, sagte Immeke und rollte sich neben Elias ein. »Dann übernehme ich.«

Lando nickte und schluckte. Ihre Anwesenheit verunsicherte ihn jedes Mal aufs Neue. Was ging in ihr vor? Was dachte sie über ihn? Mit Elias führte sie lange Gespräche über Gottweißwas, an Lando hingegen richtete sie kaum je ein Wort, und wenn, dann wandte sie sich immer gleich hastig wieder ab. Und das nahm von Tag zu Tag zu. Es war, als würde Immeke immer weniger Gefallen an ihm finden und sich umso mehr auf den verdammten Weidenzaun stürzen, der ja doch nichts gegen die Hans Vrilles, Johan van Ehlens und mordenden Mönche dieser Welt bewirken konnte. Das Unterfangen war lachhaft. Es beruhigte die Seele, sonst konnte es rein gar nichts ausrichten.

Elias stöhnte im Schlaf. Im Haus nebenan, in dem Martha hauste, meckerte die Ziege. Die alte Frau hatte sich nicht davon abbringen lassen, ihre Stube mit Ziegen, Katzen und Hühnern zu teilen. Sie hing an ihnen wie an ihren Geistern.

Lando stützte seinen Kopf in die Hände und blickte in die kleine Flamme. Seine Augen brannten vor Müdigkeit. Der Wind trieb sein Spiel mit den hölzernen Läden, die im ewig gleichen Takt gegen die Lehmmauern schlugen. Lando gähnte. Sein Kopf sank auf die Tischplatte. Die Bilder vom frühen Morgen drängten sich in seine Gedanken. Den ganzen Tag über war es ihm gelungen, sie fortzuschieben, doch hier gab es nichts, womit er sich ablenken konnte. Vor ein paar Stunden im Wald war er dem Tod so nah gewesen, dass er sich ihm schon ergeben hatte. Er war ihm verlockender erschienen als die irdische Welt, in der gerade ein Tollwütiger mit Schaum vor dem Mund auf seiner Brust hockte und ihm den Hals zudrückte. Nun schien ihm ein neues Leben geschenkt worden zu sein, und das würde er nicht leichtfertig hergeben. Er würde Bruder Thomas mit Wasser besiegen.

Es knarzte und knackte in allen Ecken. Doch das war nur der Wind, der hier oben niemals Ruhe gab. Jäh schwang die Tür auf. Landos Herz schlug so hart gegen die Rippen, dass es schmerzte. Im Türrahmen erkannte Lando die Umrisse des Hageren. Der Tollwütige war zurückgekehrt. Nie würde es aufhören, dass sie verfolgt wurden. Immer und immer mussten sie um ihr Leben kämpfen. Er hätte schreien mögen vor Wut und Verzweiflung.

Lando sprang zum Bottich, ergriff ihn mit beiden Händen und machte drei Schritte auf den Eindringling zu. Ein Schwall Wasser ergoss sich über diesen. Ein überraschter Ausruf war zu hören, doch lief der Hagere nicht davon. Lando stürzte zu dem hölzernen Eimer neben Immekes Lager. Sie war hochgeschreckt und rieb sich die Augen.

»Er ist da!«, zischte er. »Nimm den anderen.« Schon war er wieder bei dem Tollen und leerte mit Schwung den Bottich. Immeke war im Nu vom Lager aufgestanden, schnappte sich den Eimer und überschüttete den Mann ebenfalls mit Wasser.

»Hört auf, verflucht! Was soll denn das?«

Lando erstarrte. Da war nicht die Stimme des Geißlers gewesen.

»Ich habe weder Durst, noch gelüstet es mich nach einem Bad.«

»Nimm diesen Knüppel und schlag ihn nieder!«, schrie Immeke.

»Meister Friedolf?« Lando blinzelte verwirrt. »Friedolf van dem Berghe. Das kann doch nicht sein. Ich muss das träumen.«

»Hu, das muss ein gar schlimmer Albtraum sein.« Der Jemand lachte scheppernd. Lando starrte ihn an. Da stand er, der Paternostermacher aus Lübeck. Was hatte er hier verloren, meilenweit von der Stadt entfernt?

»Was ist, Lando? Sag, kennst du ihn?« Immeke zupfte ihn am Ärmel.

»Nein, das ist nicht Bruder Thomas«, kam Elias' Stimme von hinten. »Er klingt anders.«

»Sollen wir ihn nicht besser niederschlagen, Lando?« Immekes Stimme zitterte.

»Nein, nein, er ist ein Freund.« Lando begriff, dass nun alles gut werden konnte. »Ich freue mich über Euer Kommen, Meister Friedolf. Mögt Ihr essen und trinken?«

»Wahrlich ein herzliches Willkommen.« Der Paternostermacher kicherte. »Badet ihr eure Gäste immer, bevor ihr ihnen ein Mahl anbietet?«

In Landos Kopf brauste es. Mit hängenden Armen sah er zu, wie Immeke Brennholz in die offene Herdstelle schichtete und das Feuer schürte. Da besann er sich und schob dem Gast einen Hocker neben Elias' Bettstatt. Er reichte ihm ein Leintuch und eine wollene Decke. Der Handwerksmeister dankte, entledigte sich des nassen Mantels, zog sich das Wams über den Kopf und begann, sich mit dem Tuch trocken zu reiben. Lando nahm auf einer Kiste gegenüber Platz und beobachtete ihn. Der Novize saß aufrecht und mit wirren Haaren auf seinem Lager. Er starrte Meister Friedolf an, als sei der ein Geist. Lando konnte ja selbst nicht begreifen, dass es den Handwerksmeister aus der überfüllten, lärmenden Kaufmannsstadt zu ihnen in die Einsamkeit der Windhöfe verschlagen hatte. War er auf Wanderschaft und nur zufällig hierhergeraten? Oder sollte etwa der Bäckermeister …

»Was in aller Welt führte Euch hierher?«, fragte er. »Hat jemand Euch geschickt?« Lando schluckte. »Etwa mein Vater? Sollt Ihr mich zurückbringen?«

»Nein, nein.« Meister Friedolf lachte. »Und doch hat es auch mit deinem Vater zu tun. Nur auf ganz andere Weise.«

Lando sprang auf. Er wich zurück. Also doch, Johan van Ehlen hatte ihn beauftragt.

Ein schiefes Grinsen erschien auf Meister Friedolfs Gesicht. Er wickelte sich in die Decke und sagte: »Es ist anders, als du denkst, Lando. Setz dich und hör mir zu.«

Lando kniff die Augen zusammen. Konnte er ihm vertrauen?

»Ich habe gesehen«, fuhr Meister Friedolf fort, »wie sie den Bäckermeister van Ehlen zum Hafen schleppten und in das dreckige Travewasser tauchten, so oft, dass es ihm beinah das Leben gekostet hätte.«

Lando zuckte zusammen. »Aber er lebt noch«, murmelte er.

»Ja, er lebt noch«, erwiderte Meister Friedolf, »und das, obgleich sie in seinem Backhaus ein paar gezinkte Würfel und ein ganzes Fass voll Knochenmehl fanden. Aus der Stadt haben sie ihn gejagt.«

»Wo ist er jetzt?«, wollte Lando wissen und fühlte sich ganz flau im Magen. Dies alles war allein seine Schuld.

Meister Friedolf zuckte die Schultern. »Ich weiß es nicht.«

»Aber all dies erklärt nicht«, sagte Lando matt, »was Euch hierhergeführt hat.«

»Unsere Leben«, begann Meister Friedolf wieder, »also das deine und das meine, nun, sie sind …« Er verstummte. Dann seufzte er tief und sagte: »Sie haben miteinander zu tun.«

Ihrer beider Leben? Was um Himmels willen versuchte Meister Friedolf ihm zu sagen? Verwirrt blickte Lando ihn an.

»Lass mich erklären«, bat Meister Friedolf und nickte Immeke zu, die sich zu ihnen gesellt und auf eine Bank gesetzt hatte. Sie senkte den Blick. Der Paternostermacher räusperte sich und fuhr fort: »Damals, als die Pest über Lübeck kam und das große Sterben begann, flüchteten viele Bürger aus der Stadt. Sie hatten Angst vor Ansteckung, Tod und dem Grauen und suchten Rettung auf dem Land. Auch der Bäckermeister Johan van Ehlen schnürte sein Bündel und verschwand klammheimlich in der Nacht. Deine Mutter …« Meister Friedolf bekreuzigte sich. »Deine Mutter sah sich allein mit vier Kindern. Die kleinen Mädchen, sie waren schon erkrankt. Heilwig war verzweifelt. Und ich, nun, ich fühlte mich ihr sehr zugetan. Immer schon. Ich half ihr, so gut es ging, pflegte mit ihr die kranken Kinder und beschaffte Nahrung und Salben.« Meister Friedolf hielt inne, schloss kurz die Augen und rieb sich die Nasenwurzel.

»Die beiden Töchterchen«, fuhr er leise fort, »sie starben unter unseren Händen, so rasch. Es brach ihr das Herz. Ich blieb bei ihr, lange. Irgendwann verebbte die grauenvolle Seuche. So viele Menschen waren elendig gestorben und großes Leid hatte die Stadt überzogen. Der Meister van Ehlen aber ließ sich nicht blicken. Erst als alle Toten begraben waren und das tägliche Einerlei wieder die Oberhand gewann, stand er vor der Tür. Schweigend sah er zu, wie ich meine wenigen Dinge zusammenraffte und sein Haus verließ. Nie wieder sprach er ein Wort mit mir, der Hundsfott. Tja, und …« Meister Friedolf lächelte und blickte Lando scheu an. »Wenig später wurdest du geboren.«

Mit offenem Mund starrte Lando ihn an. »Ich bin … und ich bin nicht …«, stammelte er.

»Du bist mein Sohn«, sagte Meister Friedolf.

Landos Welt geriet ins Wanken. Es war zu viel. Alles um ihn herum begann zu schwanken.

»Das kann nicht sein!«, rief er und fasste sich mit beiden Händen an die Schläfen, um seine Gedanken zu ordnen. »Das kann nicht sein, Meister Friedolf. Ihr irrt Euch. Keiner hat mich je einen Bastard geschimpft. Und die Bürger der Stadt schonen einen nicht, wenn man von unehrlicher Geburt ist. Das wisst Ihr so gut wie ich.«

Meister Friedolf nickte. »Du hast recht, Lando. Üblicherweise schonen sie keinen. Doch in den Zeiten der Pest geriet die Welt aus den Fugen. So manch einer tat Dinge, die vorher nicht im Bereich des Möglichen zu sein schienen. Du ahnst nicht, wie viele von ihnen Dreck am Stecken haben, und das nicht zu knapp. So ist es klüger, über das, was der Nachbar tat, zu schweigen. Nur dies ist der Garant dafür, auch die eigene Schande nicht unter die Nase gerieben zu bekommen.« Meister Friedolf seufzte. »Nur die Älterleute der Stadt sind nicht willens, über deine unehrliche Geburt hinwegzusehen. Sie verwehren dir bis heute eine Lehre. Leider.«

So war es nicht der Geiz seines Vaters gewesen, der ihn ein Knecht sein ließ. Er war nichts wert. Ein rechtloser Lump, unehrlich, weil er nicht in einem ehelichen Bette gezeugt worden war. Er durfte kein ehrliches Handwerk lernen. Ihm blieben nur die verachteten Berufe wie Türmer, Leineweber, Hundeschinder und Scheißhausfeger.

Als Lando zu Meister Friedolf blickte, sah er dessen besorgte Miene.

»Ist es dir womöglich nicht recht, mein Sohn zu sein?«, fragte Meister Friedolf.

Lando presste die Lippen zusammen. Was sollte er erwidern? Wenn er es recht überlegte, war er froh, nicht diesen aufbrausenden Bäckermeister van Ehlen zum Vater zu haben, auch wenn er sich an diesen Gedanken noch gewöhnen musste. Es rauschte in Landos Ohren. Es gab so viel zu überdenken. Alles war anders, als es ihm vorher geschienen hatte. Er hatte also nichts zu tun mit dem groben Klotz Johan van Ehlen. Nichts verband sie. Er war frei von ihm.

Lando zwang sich zu lächeln.

»Doch, es ist mir recht, Meister.«

Das wischte die Sorgenfalten aus Friedolfs Gesicht.

»So wirst du es verkraften?«, fragte er heiter. »Du wirst sehen, Lando, wir werden diese engstirnigen Älterleute davon überzeugen, dass du ein guter Bursche bist, der es verdient, ein ehrliches Handwerk zu lernen, auch wenn du, nun ja, unehrlich geboren bist. Du wirst Paternostermachermeister wie dein Vater. Ich nehme dich in die Lehre und du wirst der beste Bernsteindreher weit und breit. Und später dann wirst du mein Haus und meine Werkstatt erben. Du wirst ein gutes und wohlhabendes Leben führen, Lando.«

Das Wissen, Meister Friedolfs Sohn zu sein, behagte Lando immer mehr. Zwar war sein wahrer Vater nicht besonders stattlich und sein löchriger Wollmantel war beschämend, doch war er freundlich und ihm wohlgesinnt.

»Wir können nicht zurück«, sagte Elias.

Ihn hatte Lando ganz vergessen. »Und warum nicht?«, fragte er. Fast hatte er es nun eilig, den Heimweg anzutreten, in Meister Friedolfs Haus umzusiedeln und Paternostermacher zu werden. Jetzt, wo sie seinen falschen Vater aus der Stadt gejagt hatten, stand einer Rückkehr doch nun wirklich nichts im Wege.

»Weil wir als Brandstifter gesucht werden«, sagte Elias. Lando sackte in sich zusammen. Das hatte er wahrhaftig vergessen. Was nützte ihm ein guter Vater und eine Lehre, wenn er vor den Stadtmauern Lübecks seinen Kopf verlor?

»Nur der Pferdestall ist abgebrannt«, mischte Meister Friedolf sich ein. »Das Kloster hat weiter keinen Schaden genommen, und außerdem hat es keine Bedeutung mehr.« Er erzählte ausführlich von dem bevorstehenden Umzug der Brüder nach Wagrien.

»Und ich darf ihnen dorthin folgen?«, flüsterte Elias »Wir bauen ein neues Kloster?«

Meister Friedolf nickte.

»Dann werde ich gehen.« Elias lächelte. »Ich würde mich in der Welt wohl doch etwas verloren fühlen, wenn ich als Scholar von Universität zu Universität reisen müsste. Wenn ich ganz ehrlich bin, hat es mir Angst gemacht. Jetzt erst weiß ich, dass ich zu meinem Lehrmönch gehöre, der mir wie ein Vater ist.« Mit zufriedenem Gesicht lehnte er sich zurück. »Ja, das behagt mir besser, auch wenn ich dich und die alte Martha vermissen werde, Immeke.«

Immeke.

Lando schluckte schwer. Er hatte nicht bedacht, was es bedeuten würde, wenn er mit seinem Vater nach Lübeck ging. Er würde sich von ihr trennen müssen. Sie würde gewiss nicht in eine Stadt zurückkehren, in der es einen Hans Vrille gab.

Er würde sie für immer verlieren.

»Das Bein«, unterbrach Elias seine Gedanken. »Ich fürchte, es zwingt mich, meine Abreise auf später zu verschieben. Ich muss warten, bis es wieder belastbar ist.« Er seufzte. »Das wird wohl noch dauern.«

Immeke hob den Blick.

»Und du, Lando?«, flüsterte sie.

Lando sah von Immeke zu Elias und zurück zu ihr. Dunkel wie Kohlen waren ihre Augen. Ihr Blick drang in seine Seele.

Es pochte wild in seiner Brust. Er wollte nicht ohne sie gehen. Viel lieber wollte er hier mit ihr auf den Windhöfen bleiben, bei der alten Martha, den Katzen, Hühnern und den Geistern. Es zerriss ihm das Herz.

29

Immeke war als Erste auf den Beinen. Sie mochte es, den frühen Morgen für sich allein zu haben, das Feuer zu schüren und die Tiere zu füttern, ohne dass belanglose Worte gewechselt wurden. Sie schlang sich ein gewebtes Tuch aus Wolle um die Schultern und trat an Landos Lager. Er schlief auf dem Rücken. Sein Mund war geöffnet und der Kopf leicht nach hinten gestreckt, sodass sie in seine Nasenlöcher blicken konnte.

Immeke biss sich auf die Unterlippe. Sie würde ihn vermissen, das musste sie sich eingestehen. Etwas hatte sich in diesen Tagen verändert. Zuerst hatte sie versucht, es beiseitezudrängen, denn das ungewohnte Gefühl machte ihr Angst, kam ihr zu nah, war bedrohlich. Und doch war es auch wunderschön und zart und unschuldig. Manches Mal blieb ihr der Atem weg, wenn sie an ihn dachte oder ihn sah, und dann begann ein Flattern und Prickeln unter ihrem Herzen, das sie in höchste Unruhe versetzte. Was sie auch versuchte, sie konnte sich nicht dagegen wehren.

Hin- und hergerissen fühlte sie sich. Sie wollte das nicht. Sie wollte mit dem zufrieden sein, was sie hatte, ihre Muhme, Tiere, Obdach und Brot. Der Zaun, den sie gegen Eindringlinge baute, würde bis zum Sommer fertiggestellt sein. Mehr bedurfte es nicht. Alles, was noch hinzukam, konnte nur von Schaden sein und das, was sie sich mühsam erkämpft hatte, ins Wanken bringen. So war es gut und richtig, wenn Lando mit seinem

Vater zurück nach Lübeck ging. So konnte ihr Plan sich erfüllen und sie würde ihr Leben ruhig und geschützt auf den Windhöfen verbringen.

Doch ein Abschied musste sein, ein Abschied, von dem nur sie allein etwas wusste. Sie beugte sich hinab und küsste Lando auf die linke Wange. Dann wandte sie sich um und verließ das Haus, um die Hühner zu füttern.

Das Erste, was Lando nach dem Erwachen hörte, war Meister Friedolfs Schnarchen hinter der Tür. Sein Vater schlief in einer kleinen Kammer nebenan, dort hatten sie noch in der Nacht Stroh und Decken zu einem Lager geschichtet.

Lando fasste sich an die Stirn. Vater. Wie unvertraut, mit diesem Wort Meister Friedolf zu meinen und nicht den stämmigen Bäckermeister van Ehlen, der sich bücken musste, wenn er durch eine Tür trat. Neben sich vernahm Lando die tiefen Atemzüge des Novizen. Elias würde so bald nicht erwachen. Immer schlief er bis weit in den Morgen hinein. Er wandte den Kopf. Immekes Bettstatt war verlassen. Vermutlich war sie wie gewöhnlich früh aufgestanden und hatte mit der Arbeit begonnen. Sie arbeitete unentwegt. In der Morgendämmerung fütterte sie das Vieh, schleppte Brennholz, rührte den Brei und fegte die Stube. Sie schaffte Ordnung in Häusern und Ställen, rechte den Hof und riss wilde Kräuter aus dem Acker. Wann immer die Zeit es zuließ, flocht sie Weidenruten für den Zaun, der eines Tages die Windhofhäuser umschließen sollte. Niemals legte sie die Hände in den Schoß. Kaum nahm sie sich Zeit für ein Mahl. Dabei gab es hier keinen, der sie antrieb und schlug, sollte sie einmal müßig sein. Lando hingegen genoss die ungewohnte Freiheit. Nach dem Mittagsmahl legte er sich hin und wieder unter einen Baum und blinzelte in Sonnenstrahlen, die sich in maigrünen Blättern verfingen. Er ließ Marienkäfer über seinen Handrücken krabbeln und übte das Pfeifen auf Grashalmen. Sogar mit dem Schnitzen einer Flöte aus Weidenholz hatte er begonnen.

Vielleicht war ein Leben auf den Windhöfen besser als eines in der lärmenden Stadt, in der sich tausend Gerüche mischten und es mehr Verordnungen des Rates gab, als je ein Mensch sich merken konnte.

Lando gähnte und streckte sich. Er schwang sich aus dem Bett, kleidete sich an und trat ins Freie. Tauben flogen auf, die mit den Hühnern nach Körnern gepickt hatten. Sie ließen sich auf den Ästen der Kastanienbäume nieder, gurrten und plierten ihn mit schräg gelegten Köpfen an. Die Windhöfe hatten sich verändert. All der Unrat war vergraben, die Häuser geputzt, der Hof frisch gerecht und das Vieh über Nacht in den Ställen untergebracht. Allein Martha hauste noch immer mit Ziegen und Katzen unter einem Dach, wenn diese nicht gerade über Hof und Felder strichen. Lando streckte sein Gesicht der Sonne entgegen, deren Strahlen erstmals in diesem Jahr Wärme mit sich brachten. Als die Tür hinter ihm knarzte, fuhr er herum. Meister Friedolf stand dort und strich sich über die schlafwirren Haare. Er lächelte und trat neben ihn.

»Einen guten Morgen wünsche ich dir« sagte er. »Ich

hoffe, du hast trotz der Schrecken der vergangenen Nacht gut geruht.«

Lando musste lachen. Wenn er mit den Schrecken der Nacht sich selber meinte, so konnten Schrecken durchaus etwas Gutes haben.

Eine weitere Tür klappte. Martha überquerte den Hof, gefolgt von unzähligen Katzen.

»Noch ein Mäulchen zu stopfen.« Sie blieb stehen und blickte Meister Friedolf einen Atemzug lang an. »Das schadet nicht. Ich sag's dem Josser. Er kann eine Hand gebrauchen für das Misten. Ist ja nicht mehr der Jüngste, mein Brüderlein.« Sie kicherte und beugte sich hinab, um eine schwarze Katze zu streicheln, die sich an ihren Rock schmiegte und schnurrte.

»Habt keine Sorge, gute Frau!«, rief Meister Friedolf ihr zu. »Lando und ich, wir werden euch nicht lange zur Last fallen, denn schon morgen reisen wir nach Lübeck. Die Arbeit, sie ruft.«

Lando sog die Atemluft so scharf ein, dass sie schmerzte. Martha schnaubte und brummelte vor sich hin. Sie schob die Katze mit dem Fuß beiseite und schlurfte davon.

»Was ist mit dir, Lando?« Meister Friedolf legte ihm seine warme Hand auf die Schulter. »Du bist auf einmal bleich wie jenes Knochenmehl, das der van Ehlen in sein Brot tat.« Er ließ sein schepperndes Lachen hören, das in Landos Ohren dröhnte, als würde jemand eine rostige Ritterrüstung über Pflastersteine ziehen.

Morgen schon.

Morgen sollte er sich von seinen Gefährten trennen und mit seinem Vater nach Lübeck wandern. Der hatte es bestimmt und Lando nicht nach seinen eigenen Wünschen gefragt. So vieles war in den letzten Wochen geschehen. Er war nicht mehr der junge, törichte Bäckersohn aus der Krummen Querstraten. Diesen Lando gab es nicht mehr.

Zwischen Meister Friedolfs Augenbrauen bildeten sich steile Falten.

»Sprich es aus, Lando!«, sagte er leise. »Du willst nicht mit mir kommen. Ist es das? Du willst nicht in meinem Haus leben und das Bernsteindreherhandwerk erlernen. Sage mir, ob das wahr ist.«

»Nein, das ist nicht wahr!« Lando ballte die Fäuste. »Es geht nur zu rasch. Ihr kommt wie aus dem Nichts, tretet in mein Leben und eröffnet mir, dass Ihr mein Vater seid, versteht Ihr? Ich habe Gefährten gefunden. Zum ersten Mal in meinem Leben. Elias ist noch nicht in der Lage zu reisen. Sein Bein. Es braucht noch Schonung.« Er schlug sich auf den Oberschenkel. »Und Immeke. Ich würde sie wohl nie wiedersehen.« Erneut stieg Hitze in seine Wangen. »Ich bitte Euch um etwas Zeit.« Zaghaft blickte er in Meister Friedolfs Gesicht. Wie würde er seine Worte aufnehmen? Das Letzte, was er wollte, war, ihn zu enttäuschen.

Der Paternostermacher blickte in die Wipfel der Kastanienbäume. Es gelang Lando nicht, seine Gesichtszüge zu deuten. Der Wind nahm zu und ließ die Blätter rauschen. Er zerzauste Landos Haare und ließ sein Wams flattern. Eine Tür schlug auf, ohne dass jemand heraustrat. Vielleicht war Lucia auf den Hof gelaufen, um einen Schmetterling zu fangen. Lando fasste sich an die

Schläfen. Was dachte er da für wirres Zeug? Ein Schlag traf ihn auf den Rücken, sodass er taumelte.

»Nun gut, mein Sohn!« Meister Friedolf grinste »So bleiben wir gemeinsam hier und warten, bis Elias wieder laufen kann. Zu dritt reisen wir dann nach Norden und bringen Elias, bevor wir nach Lübeck zurückkehren, zu einem nächstgelegenen Kloster der Benediktiner. Dort wird man sich weiter um ihn kümmern. Und Immeke. Nun.« Er legte die Zeigefingerspitze auf einen Nasenflügel. »Vielleicht zieht es sie eines Tages zurück in die Stadt. Oder sie bleibt tatsächlich bei der alten Martha, wer weiß. Von Zeit zu Zeit könntest du hierher zurückkommen und es ergründen.« Er klopfte sich auf die Brust. «Prüft eure Herzen. Nutzt die Zeit. Sobald du ein Handwerksmeister bist, kannst du an deinen eigenen Hausstand denken, nicht wahr?«

Lando starrte ihn an. Ein eigener Hausstand. So weit hatte er noch gar nicht gedacht. Doch ja, es stimmte. Und es versprach eine bessere Zukunft, ein Lübecker Handwerksmeister zu sein, als ein hartes Leben als Bauer zu führen, bis sie alt waren und grau und krumme Rücken hatten. Zumindest hätten sie die Wahl. Das hieß, wenn Immeke überhaupt …

Wie von allein wanderte seine Hand zur linken Wange. Er hatte das Gefühl, dort geküsst worden zu sein.

30

Als die Sonne hoch am Himmel stand, erreichten sie das südöstliche Ufer der Wakenitz. Landos Herz pochte wild. Er blickte über das Wasser zur Stadtmauer hin, die wehrhaft wie immer das Gedränge aus Häusern und Kirchen umschloss. Der Weg führte sie über den Hüxterdamm. Hier drehten sich unter mächtigem Brausen die hölzernen Räder einiger Mühlen. Kurz vor dem Stadttor trieb das aufgestaute Flusswasser auch das Schöpfrad der Wasserkunst an. Lando hielt inne und sah zu, wie es sich unter lärmendem Geächze drehte und Wasser in eine hölzerne Rinne füllte, die zu einem Turm führte. Von dort drückte es in Holzrohre, die Lübecks Straßen unterirdisch durchzogen und bis zu den zahlreichen Brauhäusern reichten.

Meister Friedolf trat neben Lando.

»Ein kräftiger Schluck würzigen Bieres würde mir jetzt schmecken«, sagte er.

Beim Anblick der mit Speeren bewaffneten Torwachen wurde es Lando flau im Magen. Was, wenn sie ihn doch ergriffen und als gesuchten Brandstifter den Bütteln übergaben?

»Ah, Meister Friedolf. Willkommen!«, rief da einer von ihnen und streifte Lando nur mit flüchtigem Blick. »Wie geht's, wie steht's? Da wart Ihr wieder mal ausgeflogen, nicht wahr? Nur hinein mit Euch.« Er wünschte ihnen einen gesegneten Tag und winkte sie durch. Die Kirchenglocken begannen laut und dröhnend zu läuten, als sie die Stadt betraten.

»Sieh an!«, rief Meister Friedolf. »Die stolze Hansestadt heißt uns ebenfalls willkommen. Sie hat uns wohl allzu schmerzlich vermisst.« Er kicherte.

Schmal und etwas schief klemmte Meister Friedolfs Backsteinhaus zwischen den anderen. Hölzerne Läden verschlossen sämtliche Doppelluken, die unter spitzen Bögen in die oberen Geschosse eingelassen waren.

Meister Friedolf öffnete die Tür. Sie quietschte laut in den Angeln.

»Zum Teufel!«, rief er und blickte sich in der dunklen Diele um. »Weshalb sind Geselle und Lehrling nicht an der Arbeit? Sie verbringen ihre Zeit wohl lieber in der Schenke.«

»Die Glocken hören nicht auf zu läuten«, sagte Lando. »Vielleicht ist heute Sonntag?«

Meister Friedolf schlug sich an die Stirn. »Deshalb waren die Straßen so ungewöhnlich leer!«, rief er. »Nun, um so besser. Dann ist es zumindest ruhig im Haus. Zäume das Maultier ab und bringe es auf den Hof. Ich öffne derweil die Fensterläden, damit wir uns nicht durch Dunkelheit kämpfen müssen, und sehe mich nach etwas Nahrhaftem um. Später zeige ich dir deine Kammer.«

Nach dem Mahl saß Meister Friedolf auf einer der Werkbänke und begutachtete leuchtend gelbe Perlen, die ausgebreitet vor ihm lagen. Ab und zu schüttelte er den Kopf und grummelte unzufriedene Worte. Lando schlenderte durch den Raum und entdeckte aus Bernstein geschnitzte Tiere, die in großer Zahl auf Mauervorsprüngen und in Nischen standen, darunter Pferde,

Hirsche, Füchse und Vögel, auch Eidechsen, Mäuse und Eichhörnchen. Lando nahm sie nacheinander in die Hand und betrachtete sie. Er fuhr herum, als Meister Friedolf plötzlich sagte: »Nimm sie nur, Lando. Sie gehören eh dir.«

»Mir?« Lando starrte ihn überrascht an. »Weshalb mir?«

»Weil ich sie für dich geschnitzt habe, als du noch klein warst. Nur geben durfte ich sie dir nicht. Das hätte den Bäckermeister in rasende Wut versetzt. Jede einzelne Figur aber habe ich Heilwig heimlich auf dem Bäckermarkt gezeigt. Und die eine oder andere hast du sogar in deinen kleinen, dicken Fingern gehabt und daran genuckelt. Später, als die ersten Worte aus deinem Mund sprudelten, da ging es nicht mehr. Du hättest es im Bäckerhaus ausplaudern können. So stehen sie also seitdem hier und warten auf dich. Leider bist du inzwischen zu alt für solche Dinge.«

Landos Herz tat einen Sprung. Er schloss seine Finger um eine Eule, die er gerade in der Hand hielt, und drückte sie, bis sie sich warm anfühlte.

»Danke, Meister Friedolf«, sagte er. »Sie sind schön.«

Meister Friedolf lächelte breit.

Lando schwor sich, die leuchtenden Figuren wie einen Schatz zu hüten. Hätte er mit ihnen spielen dürfen, als er noch ein kleiner Junge war, wäre sein Leben in dem Bäckerhaus gewiss heller gewesen.

Am nächsten Morgen rührte Meister Friedolf eigenhändig den Haferbrei. Lando saß schon am Essenstisch, ebenso ein Geselle, der mürrisch auf seine leere Schüssel starrte.

»Die Älterleute waren jeden zweiten Tag hier«, grummelte der Geselle, »und wollten wissen, wo der Meister steckt. Woher soll ich das wissen?, habe ich ihnen gesagt. Hat mir ja schließlich nie erzählt, wohin er geht, der Meister. Die vom Deutschen Orden werden ungeduldig, haben sie gesagt. Mit den Herrn Rittern ist nicht gut Kirschen essen, Meister. Aber das wisst Ihr ja selbst.«

»Ja, Hinrich«, erwiderte Meister Friedolf. »Das weiß ich selbst. Und es reicht vollkommen, wenn du dich um das deine kümmerst.«

»Bald kommen die Ritter und dann gibt's ordentlich Zunder!«, rief der Lehrling frech und setzte sich neben Lando. Ein Holzlöffel flog knapp an dem Kopf des Lehrjungen vorbei.

»Halte deine Zunge im Zaum, Bertram!«, rief Meister Friedolf und lächelte säuerlich.

»Aber wenn es doch wahr ist«, maulte der Junge.

»Seht zu, dass ihr was in eure Bäuche kriegt«, sagte Meister Friedolf und knallte einen Grapen auf den Tisch, aus dem ein verbrannter Geruch herüberwehte. »Und dann macht euch flugs an die Arbeit.«

Der Geselle grunzte missmutig und tauchte seinen Löffel in den grauen Brei. Lando überlegte, was die Ritter vom Deutschen Orden mit seinem Vater zu schaffen hatten. Später würde er ihn fragen, beschloss er und begann, ebenfalls zu essen. Der bittere Geschmack der Haferspeise betäubte ihm die Zunge. Das Kochen in diesem Haus sollte wohl besser er übernehmen. Er legte seinen Löffel beiseite und fragte: »Erlaubt Ihr mir, nach dem

Essen zum Backhaus meines Va ... äh ... des Meister van Ehlen zu gehen und nach dem Rechten zu sehen?«

»Nur zu, nur zu«, rief Meister Friedolf heiter. »Doch vermutlich haben die Ratten bereits davon Besitz ergriffen. Ich werde derweil zu den Älterleuten der Paternostermacher gehen und für dich ein gutes Wort einlegen. Ich bin mir sicher, sie werden mir gestatten, dich in die Lehre zu nehmen. Schließlich bist du mein Sohn.«

Der Geselle schnaubte durch die Nase.

»Wolltest du etwas sagen, Hinrich?« Meister Friedolf knirschte mit den Zähnen.

Der Geselle schwieg mit verstockter Miene.

»An die Arbeit, Geselle!«, befahl Meister Friedolf mit zornbebender Stimme. »Und auch du, Bertram.«

So wütend hatte Lando den Meister Friedolf noch nie erlebt.

31

Lando blickte an den Wänden des Backhauses empor und versuchte zu ergründen, was ihn dahinter erwartete. Bei der Vorstellung, Meister van Ehlen sei doch noch begnadigt worden und würde gerade Roggenschrot mit Knochenmehl mischen, wurde ihm übel vor Angst. Er schlich sich ans Fenster, das einen Spalt breit offen stand, und spähte in die Diele. Dietrich, der Geselle, stand dort wie gewöhnlich an einem der Arbeitstische und formte Teig zu Brotlaiben. Ganz hinten, vor dem Backofen, stand ein weiterer Mann. Lando konnte nur schemenhafte Umrisse erkennen. Eine große, stämmige Gestalt. Der breite Rücken …

Lando duckte sich rasch unter das Fenster. Sein Herz hämmerte so heftig, dass er fürchtete, es würde ihm aus der Brust springen. Er musste die Stadt wieder verlassen, augenblicklich! Meister Johan van Ehlen war zurückgekehrt. Die Gerüchte, er sei unter die Wegelagerer gegangen, waren nichts als Schall und Rauch. Lando lief davon.

Abgehetzt stürzte er in das Haus in der Hundestraten. Hinrich, der Geselle, blickte kurz auf, dann wandte er sich wieder einem Bernstein zu, den er gerade schliff.

»Ist Meister Friedolf schon zurück?«, rief Lando und rang nach Atem. Hinrich zuckte mit den Schultern. Doch Bertram schüttelte den Kopf.

»Verflucht«, murmelte Lando und polterte die schmale

Stiege zu den Kammern hoch. Viel besaß er nicht und er schnürte nur ein kleines Bündel. Was würde Meister Friedolf sagen, wenn Lando ihm mitteilte, dass ihm ein Bleiben nicht möglich war? Warum war ihm in dieser Welt kein Glück beschieden? Kaum hatte er einen Vater gewonnen, der ihn nicht ständig einen Lump und Taugenichts schimpfte, sondern ihm wohlwollte, da hatte er ihn auch schon wieder verloren.

Zurück in der Diele fand er einen halb vertrockneten Brotlaib und ein kleines Stück Räucherspeck. Dies alles stopfte er in sein Bündel und hielt Ausschau nach einer Flasche, die er mit Wasser füllen konnte. Da öffnete sich die Tür und Meister Friedolf trat ein.

»Schlechte Nachrichten, mein Sohn«, sagte er und zog seine Gugel vom Kopf.

»Ich weiß schon«, erwiderte Lando traurig. »Johan van Ehlen ist in der Stadt.«

»Johan van Ehlen?«, wiederholte Meister Friedolf und schälte sich aus dem Wollumhang. »Wie kommst du darauf?«

»Ich habe ihn gesehen«, erzählte Lando. »Im Backhaus. Sie müssen ihn begnadigt haben. Er wird mich totschlagen, sollte er mich zu Gesicht bekommen. Ich habe schon gepackt. Ich verlasse die Stadt.« Dies zu sagen schnürte ihm die Kehle zu. Er wollte nicht fort von hier. Er hatte genug vom Herumstreunen, genug von den Gefahren, die vor den Stadttoren lauerten.

»Das kann nicht sein«, murmelte Meister Friedolf und ließ sich auf einem Schemel nieder. »Du musst dich irren.«

»Ich habe ihn gesehen«, bekräftigte Lando. »Er stand vor dem Backofen. Er ist wirklich zurückgekehrt.«

Meister Friedolf schüttelte den Kopf. »Ich kann das nicht glauben«, sagte er. »Mit meinen eigenen Augen habe ich gesehen, wie sie ihn aus der Stadt geschleppt haben. Sie warfen ihn in eine Schlammpfütze vor dem Hüxtertor. Keiner, der verbannt wurde, durfte je zurückkehren.«

Lando schwieg.

Meister Friedolf fuhr sich durch seine wirren Haare.

»Es gibt eine weitere Unglücksbotschaft«, sagte er und blickte in das Feuer der offenen Herdstelle.

»Und die lautet?«, fragte Lando beklommen.

»Die Älterleute weigern sich, dich als meinen Lehrling anzuerkennen. Sie sind verstockt wie alte Esel. Unehrlich geboren sei unehrlich geboren, sagen sie, auch wenn ein ehrlicher Handwerksmeister der Vater sei. Diese Hundesöhne!« Meister Friedolf fluchte vor sich hin.

»Dies ist jetzt nicht mehr wichtig, Vater!«, rief Lando. »Ich kann die Lehre ohnehin nicht antreten. Ich muss fort von hier, versteht doch! Bevor er mich aufspürt.«

Verdächtig still war es in der Diele geworden. Misstrauisch blickte Lando zu den Werkbänken. Hinrich und Bertram hatten aufgehört zu arbeiten und lauschten ihren Worten. Ein schadenfrohes Grinsen klebte auf Hinrichs Gesicht und Lando wusste: Er würde die nächste Gelegenheit nutzen und ihn an Meister van Ehlen verraten. Mit Furcht im Herzen eilte er zur Tür. »Lebt wohl, Vater. Sobald es möglich ist, komme ich zurück. Vielleicht haben es sich die Älterleute bis dahin anders überlegt.« Er versuchte zu lächeln, doch es missriet.

»Warte, Lando«, bat Meister Friedolf. Er schritt auf ihn zu und legte ihm seine Hand auf die Schulter. »Ich kann noch immer nicht glauben, dass sie diesen betrügerischen Meister zurück in die Stadt gelassen haben. Es wäre wahrhaftig das erste Mal. Versteck dich oben in der Kammer. Ich selbst gehe in die Krumme Querstraten. Doch du musst mir versprechen, nicht von hier zu weichen. Und sollte dort tatsächlich Johan van Ehlen sein, werde ich dir helfen, aus der Stadt zu entkommen, das schwöre ich dir.«

Landos Gedanken überschlugen sich. Konnte er es wagen, noch länger zu zögern? Doch Friedolf ließ ihm keine Wahl. Er zog ihn einfach die Stiege hoch, schob ihn in eine der Kammern, verriegelte die Tür und ging davon. Ob er Angst hatte, dass ich ihm davonlaufe?, überlegte Lando. Hatte er kein Vertrauen? Weshalb sonst hatte er die Tür verriegelt? Erschöpft ließ er sich auf dem Bett nieder. Nun gut, er würde warten. Doch sollte er Recht behalten, hielt ihn nichts mehr in dieser Stadt.

Männerstimmen drangen zu ihm hoch. Eine war tief und laut. Diese Art zu sprechen, zu lachen – sie war ihm auf unangenehme Weise vertraut. Unbehagen stieg in ihm hoch. War Meister Friedolf mit dem Bäckermeister im Schlepptau zurückgekehrt? Hatte er Lando verraten? Wollte er ihn gegen guten Lohn an Meister van Ehlen ausliefern? Gehetzt blickte er sich um. Wie eine gefangene Ratte saß er fest, verdammt! Er stieß die Fensterläden auf und blickte hinab auf die Straße. Es war zu tief. Die Knochen würde er sich brechen. Was sollte er tun? Wie sich retten?

»Hier hinein, Meister van Ehlen«, hörte er Meister Friedolf sagen. Schon flog die Tür auf. Eine breite Gestalt füllte den Rahmen. Lando war bereit, sich auf sie zu stürzen, sie umzuwerfen und die Flucht zu ergreifen. So leicht würde er sich nicht schnappen lassen! Er nahm Anlauf und rammte seine Ellbogen in den stämmigen Körper. Breite Arme umfingen ihn.

»Heho, Bruderherz. So eine stürmische Begrüßung hatte ich gar nicht von dir erwartet.« Der Mann lachte laut das Lachen seines Vaters.

»Harmen!«, stieß Lando hervor. »Harmen, du?«

»Natürlich ich, du Dösbaddel! Wer denn sonst? Du starrst mich an, als sei ich ein Geist.«

Meister Friedolf grinste. »Der Geist des Johan van Ehlen, was Lando?«, feixte er und kicherte wild.

Natürlich! Harmen, sein ältester Bruder. Ihn hatte er für seinen Vater gehalten. Er sah ihm ähnlich. Die gleiche stämmige Gestalt, das rote Gesicht, die Stimme.

»Warst du das, der eben in der Backstube stand?«, fragte Lando, noch ziemlich durcheinander.

»Wer denn sonst, kleiner Dummbeutel.« Harmen lachte laut. »Ich bin der Meister, jetzt, wo sie Vater aus der Stadt gejagt haben. Schade nur, dass ich dich nicht in die Lehre nehmen kann. Meister Friedolf hat mir von deiner misslichen Lage erzählt.«

Beschämt blickte Lando zu Boden.

»Aber du könntest dich bei mir als Knecht verdingen«, schlug er vor und versetzte ihm einen freundschaftlichen Schlag auf den Rücken, der Lando fast umwarf. »Bist zwar nur ein halber Bruder und ein bisschen mickrig obendrein, doch hätte ich dich trotz allem gern in meinem Haus.«

Nein, in dieses verfluchte Haus wollte Lando nicht zurückkehren. Sein Platz war bei Meister Friedolf. Wenn schon ein armseliger Knecht, dann bei ihm, dem Paternostermacher. Er schüttelte den Kopf.

»Na, da kann man nichts machen«, sagte Harmen freundlich. »Jedenfalls bist du in meinem Haus immer willkommen, Lando. Lass dich mal blicken. Gott zum Gruß, Meister Friedolf.« Damit wandte er sich um und stieg die Treppe hinab.

»Geht es dir jetzt besser?«, fragte Meister Friedolf und blickte Lando aufmerksam ins Gesicht.

»Ich fühle mich noch etwas benommen«, gestand Lando ein. »Der Schreck sitzt mir in den Knochen.«

»Das kann ich mir denken«, sagte Friedolf grinsend. »Die beiden sehen sich verteufelt ähnlich.«

»Was sollten wir jetzt tun?«, fragte Lando. »Die Älterleute verbieten mir die Lehre. Wollt Ihr mich überhaupt noch bei Euch haben, mich, einen Burschen von unehrlicher Geburt? Ihr verderbt Euch Euren guten Ruf.«

Meister Friedolf kicherte. »Der ist schon verdorben«, sagte er vergnügt. »Welcher Meister, der etwas auf sich hält, läuft schon mit löchrigen Kleidern umher und treibt sich immer mal wieder in der Welt herum. Von Zeit zu Zeit muss ich dieser engen Stadt einfach entfliehen und frische Luft atmen. Du ahnst gar nicht, was man in der Fremde alles zu sehen bekommt. Sogar in großen Städten bin ich schon gewesen. Bis nach Brügge. Ich könnte dir von Dingen erzählen ... Oho! Die anderen

Meister aber zerreißen sich deshalb über mich das Maul. Ich glaube, sie täten nichts lieber, als mich aus dem Amt zu werfen. Und deshalb legen sie mir auch haufenweise Steine in den Weg und verhindern, dass du mein Lehrjunge wirst, dieses verfluchte Gesindel!« Er ballte seine Fäuste. »Aber so rasch gebe ich nicht auf. Ein Weg wäre da noch. Mal sehen, ob diese feinen Meister widerstehen können.« Friedolf erhob sich und schritt zu einer Truhe, die unter dem breiten Fenster stand. Er öffnete sie und wühlte darin herum. Schließlich zog er einen ledernen Beutel heraus.

»Bis später, Lando«, sagte er und verließ die Kammer.

32

Verstockt bis zum Gehtnichtmehr!«, schrie Meister Friedolf und warf halb fertige Gebetsketten quer durch die Diele. »Hinaus mit euch. Hier gibt es keine Werkstatt mehr!« Er packte Hinrich und Bertram an den Ärmeln, zog sie von den Bänken und schleifte sie ins Freie. »Sucht euch einen anderen Meister!« Mit diesen Worten warf er die Tür hinter ihnen zu.

»Was ist geschehen«, fragte Lando ihn entsetzt.

»Was geschehen ist?«, brüllte Meister Friedolf und knallte den Lederbeutel auf die Tischplatte. »Ausgelacht haben sie mich. Wir lassen uns nicht bestechen, nur damit du deinen Bastard einschreiben kannst, haben sie mir nachgerufen. Diese verfluchte Schlangenbrut! Die Beulenpest wünsche ich ihnen an den Hals.«

Landos Träume, ein Bernsteindreher wie sein Vater zu werden, eines Tages seine Werkstatt zu erben und hier mit Immeke zu leben, zerstoben. Mein Leben ist nichts wert, dachte er bekümmert. Ich bin nur ein Bastard und werde immer einer bleiben.

»Was soll jetzt aus mir werden?«, fragte er niedergeschlagen. »Ich könnte mich anderswo als Knecht verdingen.«

»Einen Teufel wirst du tun«, knurrte Meister Friedolf. »Ich habe einen ganz anderen Entschluss gefasst. Du wirst es früh genug erfahren.« Er warf sich seinen Wollmantel um die Schultern, riss die Tür auf und stiefelte davon.

Die nächsten Tage sah Lando ihn kaum. Meister Friedolf hetzte durch die Straßen der Stadt und kam nur zum Essen und Schlafen in das heruntergekommene Haus. Dunkle Ringe hatten sich unter seinen Augen gebildet und er richtete kaum noch ein Wort an seinen Sohn. Lando nutzte diese trostlose Zeit, um etwas Ordnung im Haus zu schaffen, schleppte Kisten, fegte Böden und klopfte Staubwolken aus den Bettdecken. Sogar die verwaiste Werkstatt räumte er auf. Behutsam sammelte er die verstreut umherliegenden Bernsteine ein und ließ sie allesamt in einen Lederbeutel gleiten.

Bestimmt, tröstete Lando sich, würde Meister Friedolf sie eines Tages wieder in glänzende Perlen verwandeln und auf Gebetsketten fädeln.

Eines Morgens in aller Frühe stand ein riesenhafter Planwagen vor dem Haus. Ein dunkelbrauner Hengst war vorgespannt. Er wandte den Kopf und schnaubte, als Lando aus der Tür trat.

Meister Friedolfs Kopf schnellte hinter dem Pferderücken hervor. »Na, was sagst du jetzt, mein über alles geliebter Sohn?«, rief er und ließ sein schepperndes Lachen hören.

Lando sagte nichts. Er versuchte zu begreifen, was dies zu bedeuten hatte.

»Schnür dein Bündel, Lando«, rief Meister Friedolf. Er marschierte um das Pferd herum und blieb vor ihm stehen. »Wir reisen fort von hier. Haus und Werkstatt sind veräußert, ha! Frei wie die Vögel, mein Sohn. Wir werden frei sein wie die Vögel und etwas sehen von der Welt. Verstauben können sie hier ohne uns, diese missgünstigen Amtsbrüder und gewisse sture Älterleute, die sich nicht einmal trauen, ihre verdorrten Nasenspitzen aus den Stadttoren zu stecken.«

»Wir müssen …« Lando starrte ihn verwirrt an. »Wir werden die Stadt verlassen?«

»Jawohl!«, frohlockte Meister Friedolf.

»Und dann?« Lando musterte zweifelnd das Fuhrwerk. »Womit verdienen wir uns Obdach und Brot? Ich meine, wir können ja nicht für immer in einem Planwagen leben wie die Fahrenden, die auch im Winter …«

»Lando«, unterbrach Meister Friedolf ihn ungeduldig, »denke doch nicht an den Winter. Noch ist Frühling. Und dem Frühling folgt ein langer, heißer Sommer – und im Herbst sind wir schon in Brügge.«

»Brügge?«, wiederholte Lando verdutzt. »Wo ist Brügge?«

»In Flandern.« Meister Friedolf wedelte mit der Hand in Richtung Südwesten. »So an die zwanzig bis dreißig Tagesreisen von hier, wenn man sich eilt. Wir aber haben jede Menge Zeit.«

»Aber warum reisen wir ausgerechnet nach Brügge?«, wollte Lando wissen.

Meister Friedolfs Miene verfinsterte sich. »Weil Brügge neben Lübeck weit und breit die einzige Stadt ist«, knurrte er, »in der ein Paternostermacher tätig sein darf. Der Deutsche Orden hat seine mächtige Hand auf den Bernsteinhandel gelegt. Seit die Kreuzzüge vorbei sind und die Herren Ritter sich langweilen, vertreiben sie sich ihre Zeit damit, Macht an sich zu reißen und Reichtümer anzuhäufen. Und der Bernsteinhandel ist recht einträglich. Jeder einzelne Bernstein, der an den Küsten gesammelt wird, muss an sie abgegeben werden. Und damit auch ja nichts an ihnen vorbeigeht, haben sie nur zwei Städten in ihrem Machtbereich erlaubt, Bernsteine zu verarbeiten. Deshalb will ich mein Glück in Brügge versuchen.« Meister Friedolf legte Lando seine Hände auf die Schultern. »Ich sage dir: Du wirst Paternostermacher, koste es, was es wolle. Und sollten meine wohlgeschätzten Amtsbrüder bereits eine Botschaft an die Paternostermacherzunft in Brügge gesandt haben, die ihnen empfiehlt, mich und meinen Sohn zum Teufel zu schicken, dann reisen wir eben in andere Länder. Was auch geschieht, wie ziehen so weit, bis wir eine Stadt gefunden haben, in der wir bleiben und unser Handwerk rechtschaffend ausüben können.«

»Glaubst du«, warf Lando hoffnungsvoll ein, »sie würden mich in Brügge auch ohne Zeugnis einer ehrlichen Geburt das Bernsteindreherhandwerk lernen lassen? Gelten denn in Brügge andere Verordnungen?«

»Nein, das nicht«, sagte Meister Friedolf und grinste breit, »aber hier …«, er klopfte auf seine Brust, »hier habe ich den Schlüssel zu deiner ehrlichen Herkunft.«

Lando riss die Augen auf. Meister Friedolf zog ihn in die Diele und schloss die Tür hinter sich. Dann zog er ein gerolltes Pergament aus seinem Wams und hielt es Lando entgegen.

»Dieses Dokument beweist«, flüsterte er, »dass dein Name Lando van dem Berghe lautet; ehrlich geboren und von untadeligem Ruf.«

»Lando van dem Berghe?«, hauchte Lando. Das Wundern nahm kein Ende. »Woher habt Ihr diese Fälschung?«

»Ach.« Meister Friedolf hüstelte. »Vergessen wir das. Es ist nicht von Bedeutung. Lass uns jetzt zusammentragen, was wir für unser neues Leben benötigen: Decken, Mäntel, Felle, Grapen, Feuersteine, Brot, Speck, Wasser und vor allem alles Material und Werkzeug.« Er rieb sich die Hände und stapfte in die Diele.

Der Planwagen rumpelte vollbeladen durch das Mühlentor. Meister Friedolf hielt die Zügel und trieb das Pferd schnalzend an. Lando hatte noch immer nicht recht begriffen, was sie da taten. Sein Vater, ein zünftiger Handwerksmeister, gab wahrhaftig Haus und Werkstatt auf, um mit ihm in das Ungewisse zu ziehen.

Ein glückliches Gefühl begann Lando zu durchrieseln. Nein. Meister Friedolf war nicht übergeschnappt. Er war sein Vater und er tat es allein für ihn, seinen Sohn, der ab heute Lando van dem Berghe hieß.

Lando freute sich auf die Stadt in Flandern, auf all das Unbekannte, was ihn dort erwartete. Und sobald er selbst ein Meister war, würde er zurück zu den Windhöfen reisen und Immeke bitten, mit ihm zu kommen. Gemeinsam würden sie in Brügge leben und sich nie wieder trennen.

Meister Friedolf lenkte den Karren auf einen Sandweg, der durch Wälder und Felder südwärts führte. Das Pferd warf seinen Kopf hoch und wieherte.

»Welt, halt' dich bereit, wir kommen!«, schrie Meister Friedolf dem morgenkühlen Tag entgegen.

Glossar

Älterleute: Vorsteher der Handwerksämter (Zünfte)

Amt: die Handwerksmeister waren in Ämtern (Zünften) organisiert, die das wirtschaftliche und gesellschaftliche Miteinander regelten

Anger: ein Dorfplatz, häufig mit Gras bewachsen

Antoniusfeuer: das »heilige Feuer« wurde im Mittelalter für eine ansteckende Krankheit gehalten, tatsächlich aber handelt es sich um eine Vergiftung durch das sogenannte Mutterkorn, einen giftigen Pilz, der sich in Roggenähren einnistet

Büttel: ein Ordnungshüter der mittelalterlichen Städte

Cellerar: der Wirtschaftsverwalter des Klosters

Eckhart von Hochheim: auch Meister Eckhart, geboren um 1260, Theologe, Philosoph und Mystiker

Flagellanten (auch Geißelbrüder): eine christliche Laienbewegung, deren Anhänger mit Selbstgeißelung Buße tun und sich von Sünden reinigen wollen

Gottesacker: Friedhof

Grapen: dreibeiniger Topf, der zumeist aus Ton gefertigt war. Man konnte ihn direkt in die Glut stellen

Gugel: eine kapuzenartige Kopfbedeckung mit Kragen und langem Zipfel

Häresie: das Abweichen von der Lehre einer Großkirche

Laienbruder: Ordensmann im Kloster ohne Priesterweihe

Matutin: Nachtgebet im Kloster zwischen Mitternacht und den frühen Morgenstunden

Muhme: früher das gebräuchliche Wort für Tante

Non: Stundengebet zur neunten Stunde im Klosteralltag (15 Uhr)

Oheim: Onkel

Paternostermacher: ein Bernsteindreher, der Rosenkranzschnüre (Gebetsketten) aus Bernstein herstellte

Salinen: Anlage zur Gewinnung von Salz

St.-Christophorus-Kloster: ein Kloster mit diesem Namen hat es in Lübeck nicht gegeben. An gleicher Stelle, im Osten der Stadt Lübeck, stand jedoch das St.-Johannis-Kloster. So wie es im Mittelalter häufig vorkam, wurde es gleichzeitig von Nonnen und Mönchen bewohnt

Schecke: kurze Jacke

Scholar: fahrender Schüler

Sext: Chorgebet im Kloster zur sechsten Stunde (12 Uhr)

Traktat: kurze schriftliche Abhandlung über ein bestimmtes Thema

Trippen: hölzerne Stelzenschuhe, die Lederschuhe vor Schlamm und Nässe schützen

Wippe: Holzgestell im Hafen, mit dem Schiffe entladen wurden

Die Autorin

Anja Ackermann ist Kinder- und Jugendbuchautorin und wurde 1968 in der Hansestadt Lübeck geboren. Seit mehr als zehn Jahren veröffentlicht sie Bücher in verschiedenen Publikumsverlagen, vom Bilderbuch bis zum Jugendroman. Neben dem Schreiben unterrichtet sie Erwachsene mit Beeinträchtigungen. Anja Ackermann hat drei erwachsene Kinder und lebt mit ihrem Mann am Stadtrand von Lübeck.

Bibliografische Information der Deutschen Nationalbibliothek:
Die Deutsche Nationalbibliothek verzeichnet diese Publikation in der
Deutschen Nationalbibliografie; detaillierte bibliografische Daten sind
im Internet über http://dnb.dnb.de abrufbar.

ISBN: 978-3-7568-1510-4

Satz, Herstellung und Verlag:
BoD – Books on Demand, Norderstedt